Das Leben ist kein Klavier

Linda Urban

Das Leben ist kein Klavier

Aus dem Englischen von Gerda Bean

CARLSEN

Für meinen Vater Louis Urban

Wie es sein sollte

Ich würde gerne Klavier spielen.

Das Klavier ist ein wunderschönes Instrument. Elegant. Würdevoll.

Klavier spielt man in der Carnegie Hall.

Die Leute tragen Abendkleider und schicke Anzüge, wenn sie einen Klavier spielen hören.

Beim Klavierspielen kann man ein Diadem tragen. Man geht mit Handschuhen auf die Bühne, die bis zu den Ellbogen reichen. Die Handschuhe kann man dann ausziehen, einen Finger nach dem anderen.

Alle sind still, bevor man zu spielen beginnt. Sie halten die Luft an und warten auf die ersten Töne.

Sie warten.

Und warten.

Und dann hebt man die Hände hoch über den Kopf und lässt sie auf die Tasten niedersausen, und die ersten Töne brausen auf, die Finger fliegen hin und her, und der Fuß – in seinem kleinen Schuh mit Rubinen an der Spitze –, der Fuß guckt unter dem Abendkleid hervor, um leicht auf die Pedale zu treten.

Ein Klavier ist hinreißend. Kultiviert. Es hat Klasse.

Klavier spielen ist etwas Wunderbares.

Wie es ist

Ich spiele Orgel.

Eine schnaufende, keuchende Heimorgel aus Holzimitat mit einer Sitzbank aus Plastik.

Die Perfectone D-60.

Wladimir Horowitz

Der beste Pianist, der je gelebt hat, war Wladimir Horowitz.

Na gut, es kann auch Mozart oder Beethoven gewesen sein oder sonst einer von diesen uralten Typen, das weiß aber niemand so genau, weil es damals noch keine CDs oder Fernseher und solche Sachen gab. Aber seit es Fernsehen und Aufnahmestudios gibt, ist Wladimir Horowitz der Beste.

Ich habe mal eine Sendung über Wladimir Horowitz gesehen.

Eigentlich wollte ich mir einen alten Film über Zwillinge anschauen, die ständig Namen und Klamotten tauschen und ihren Lehrern und Freunden Streiche spielen, aber meine Mutter hat gesagt: »Zoe, entweder du guckst mit mir diese Kultursendung oder du gehst ins Bett.« Außerdem hatte sie Popcorn.

Wladimir Horowitz wurde in Russland geboren. Seine Mutter war Klavierlehrerin. Was sein Vater war, wurde in der Sendung nicht gesagt.

Wladimir Horowitz war ein Wunderkind, was bedeutet, dass er schon als kleiner Stöpsel wie ein Erwachsener spielen konnte. Mit siebzehn Jahren gab er sein erstes richtiges Konzert, und als er ein paar Jahre später nach Amerika kam, spielte er in der Carnegie Hall.

Ich bin zehn. Fast elf.

Das heißt, mir bleiben noch sechs Jahre, um richtig gut zu werden.

Ich habe meiner Mutter gesagt, dass ich ein Wunderkind sein und in der Carnegie Hall spielen will.

»Wende dich ans Familienministerium«, sagte sie. Damit meinte sie: »Red mit deinem Vater.«

Die Rechnungsprüferin

Meine Mutter ist Rechnungsprüferin für den Bundesstaat Michigan. Sie kümmert sich um das ganze Geld und passt genau auf, wofür jeder Cent ausgegeben wird und dass niemand betrügt oder stiehlt oder Sachen kauft, die er nicht kaufen soll. Das habe ich alles beim Elterntag im letzten Oktober erfahren. Bis dahin hatte ich es nicht gewusst.

Am Elterntag erzählten alle von ihrer Arbeit, und die anderen Mütter und Väter hatten Berufe, von denen die Kinder schon mal gehört hatten. Zum Beispiel Mr Nunzio. Er ist Bäcker und brachte uns allen kleine Schokotörtchen mit, auf denen in rosa Zuckerschrift *Nunzios Brötchen* stand. Oder Joellas Mutter, Mrs Tinstella, die Moderatorin beim Radiosender *WPOP* ist. Sie hatte ihr Mikrofon dabei und tat so, als ob sie auf Sendung wäre, während sie mit uns redete. Sie machte kleine Pausen für Werbesprüche, sagte Songs an und nahm Musikwünsche entgegen. Zum Schluss gab sie uns lilarote Radio-*WPOP*-Aufkleber fürs Auto. Noch Wochen danach fuhren alle Eltern der coolen Kids mit Radio-*WPOP*-Aufklebern durch die Gegend, nur wir nicht, weil meine Mutter sagt, dass solche Sticker nur verblassen und abblättern und dann ein großes klebriges Rechteck auf dem Auto ist, das Schmutz anzieht. Außerdem sei das nur Werbung für *WPOP* und die müssten uns eigentlich dafür bezahlen, wenn sie wollen, dass wir für diese Lärmbelästigung, die sich Radiosender nennt, werben.

Als Mrs Trimble meine Mutter vorstellte und Mom von ihrer Arbeit als Rechnungsprüferin erzählte und von finanzieller Verantwortung redete und dass man seine Finanzen in Ordnung halten muss, sahen die meisten Schüler ziemlich gelangweilt aus. Selbst Mrs Trimble sah aus, als ob sie gleich ins Lehrerzimmer gehen müsste, was sie immer tut, wenn sie die Nase voll hat und dringend eine Tasse Kaffee und eine Kopfschmerztablette braucht.

Aber dann ging meine Mutter durch die Reihen und fragte jedes Kind nach seinem Namen. Und sie sagte: »Lily. Schön, dich kennenzulernen. Hier ist ein Vierteldollar. Buckley. Interessanter Name, Buckley. Hier sind fünf Cent.« Sie redete mit allen und gab ihnen Geld, und dann ging sie wieder zum Podium und erklärte, dass ein Rechnungsprüfer wissen muss, wo jeder Cent ist, und dass er sich nicht von Gefühlen oder Politik oder seiner Familie oder davon, was gerade im Radio gespielt wird, ablenken lassen darf. Worauf Joella Tinstella sich umdrehte und mich fünf Minuten lang böse anstarrte. Alle anderen guckten Mom an. Sie hofften wahrscheinlich, dass sie noch mehr Geld verteilte.

»In jeder Firma gibt es Ablenkungen. Unterschiedliche Meinungen. Dramen. Es gehört zu den Aufgaben des Rechnungsprüfers, diese Ablenkungen zu ignorieren und sich ausschließlich auf das Geld zu konzentrieren«, sagte meine Mutter.

Dann machte sie die Augen zu, damit wir nicht dachten, dass sie schummelte, und sagte: »Lily, Vierteldollar. Buckley, fünf Cent. Colton, Vierteldollar. Ashley, zehn Cent.« Sie nannte jedes Kind in der Klasse beim Namen und sagte, was für eine Münze sie ihm gegeben hatte. »Hat alles gestimmt?«, fragte Mom dann, und wir sagten »ja« und klatschten. Mrs Trimble bedankte sich bei meiner Mutter und sagte, wie sehr ihr Vortrag uns allen gefallen hätte. Meine Mutter unterbrach sie.

»Bevor ich gehe«, sagte Mom, und ich bekam Bauchschmerzen und meine Hände fingen an zu schwitzen, denn ich wusste, dass jedes Kind in meiner Klasse mich jetzt gleich hassen würde.

»Bevor ich gehe«, wiederholte sie, »gebt die Münzen in jeder Reihe an den ersten Platz durch. Jeder Cent zählt. Das ist finanzielle Verantwortung!« Mrs Trimble sorgte dafür, dass die Münzen weitergereicht wurden, und am Ende jeder Reihe zählte Mom sie, und als in Reihe drei ein Vierteldollar fehlte, sagte sie: »Wheeler. Mein Vierteldollar.« Wheeler Diggs behauptete, er hätte ihn abgegeben, und tat dann so, als ob Sally Marvin die Münze fallen gelassen hätte. Dann kroch er unter seinem Tisch herum und gab meiner Mutter den Vierteldollar schließlich zurück.

Später, nach dem Musikunterricht, versperrte mir Wheeler Diggs im Flur den Weg und funkelte mich so böse an, dass ich dachte, er würde mich gleich in den Magen boxen. Ich musste mich übergeben und verpasste den Bus, und meine Mutter musste noch einmal zur Schule fahren, um mich abzuholen.

Auf Pappe

Als ich meinem Vater zum ersten Mal sagte, dass ich Klavier spielen wollte, räusperte er sich nur. Beim zweiten Mal rieb er sich das Kinn. Beim dritten Mal sagte er: »Das ist aber eine große Aufgabe für eine kleine Person.« Mein Vater kennt sich mit großen Aufgaben aus. Er hat sechsundzwanzig gerahmte Diplome von der Fern-Uni.

»Das Schicksal hat bestimmt, dass ich in der Carnegie Hall spielen soll«, sagte ich.

»Kein Problem«, sagte er und nahm einen Werbezettel vom Stoß mit Wegwerfpost auf dem Küchentisch. Der Zettel war vom Eastside-Seniorenzentrum und machte Werbung für *Besser mit Lester*, eine ganz neue Methode, Klavier spielen zu lernen. *Sechs Wochen Unterricht mit Lester Rennet, einem preisgekrönten Musiklehrer und ausgebildeten Motivationstrainer, spezialisiert auf Kinder und Senioren! Kein Instrument nötig!*

Im Seniorenzentrum steht ein Klavier, aber es ist kein Flügel. Es ist ein beinahe aufrecht stehendes Klavier. Es neigt sich etwas zur Seite. Wahrscheinlich wurde es mal von einer Schule gespendet, weil in seine Füße Buchstaben gekratzt sind, und wenn man oben den gelben Läufer anhebt, kann man dort lesen, dass eine gewisse Mrs Pushkin nach Fisch riecht. Die Sitzbank hat O-Beine von all den Jahren, in denen sie die Hinterteile von Senioren tragen musste.

Die *Besser mit Lester*-Schüler saßen an Klapptischen. Wir waren zu neunt: ich und acht Senioren, einschließlich Mr Faber, der zweiundneunzig Jahre alt war und die meisten Stunden verschlief. Die *Besser mit Lester*-Philosophie motivierte ihn nicht.

»Meine Philosophie ist einfach! Meine Methode revolutionär!«, sagte Lester Rennet.

»Sparen Sie sich das für Ihre Werbezettel auf«, brummte Mr Faber.

»Dies ist Ihr *Besser mit Lester*-Liederbuch.« Auf dem Deckblatt war ein verschwommenes Foto von Lester Rennet mit einer Gruppe Kinder, die anscheinend selbst gebaute Akkordeons in den Händen hielten. EINFACH!, stand da. REVOLUTIONÄR!

Mr Rennet sagte, wir sollten das Liederbuch umdrehen. Auf der Rückseite fänden wir die Revolution.

Was ich fand, war ein Stück perforierte Pappe, die mehrfach gefaltet war. Am Rand waren Klaviertasten aufgedruckt.

»Voilà!«, sagte Mr Rennet.

Voilà?

»Die *Besser mit Lester*-Papptastatur!«

Papptasten.

Die verschwommenen Kids auf dem Deckblatt des Liederbuchs hatten also gar keine Akkordeons in den Händen.

Lester Rennet zog seine eigene Papptastatur aus der Aktentasche und faltete sie auseinander. »Wie Sie sehen«, sagte er und hielt die Tastatur über das müde Klavier, das vorn im Raum stand, »ist Ihre *Besser mit Lester*-Tastatur maßstabsgetreu. Es gibt schwarze und weiße Tasten wie bei einem richtigen Klavier – aber sie geben natürlich keine Töne von sich, wenn Sie sie anschlagen! Die *Besser mit Lester*-Tastatur ist das perfekte Instrument zum Üben! Sie brauchen keine Angst zu haben, sich vor Ihren Freunden zu verspielen! Sie können überall üben. Am Küchentisch! Beim Bingo!« Mr Rennet zeigte auf mich. »Du kannst in der Cafeteria deiner Schule üben!«

Hatte Lester Rennet überhaupt schon mal eine Schulcafeteria gesehen? Wusste er nicht, dass die Cafeteria ein Dschungel ist, in dem sich Sechstklässler wie Raubtiere an die Schwachen und Außenseiter heranschleichen? Eine revolutionäre Papptastatur aufzuklappen wäre, wie in einem Haifischbecken an einer verschorften Wunde herumzukratzen – der Geruch nach Blut würde eine wilde Attacke auslösen.

Lester Rennet fuhr fort. »Jede Woche bekommen Sie ein Stück aus dem Liederbuch auf. Ich werde es hier vorspielen – *à la piano* –, während Sie auf Ihrer *Besser mit Lester*-Tastatur mitspielen!« Danach sollten wir nach Hause gehen und üben – die *Besser mit Lester*-Methode empfahl zwanzig Minuten pro Tag –, und beim Unterricht in der folgenden Woche würde jeder von uns nacheinander auf dem richtigen Klavier spielen und zum ersten Mal die Melodien hören, die unsere Finger die ganze Woche lang geübt hatten.

»Und jetzt«, sagte Lester Rennet theatralisch und drehte mein *Besser mit Lester*-Buch um, »fangen wir an!« Damit riss er die magische Papptastatur heraus, die mein Ticket für die Carnegie Hall sein sollte. Und zum ersten und einzigen Mal machten die Papptasten ein Geräusch: *Rrrrrrrrrrrrrratsch*.

432

Wir haben 432 Rollen Klopapier im Keller. Vierhundertzweiunddreißig. Das reicht, bis ich mit der Highschool fertig bin. Meine Mutter hat das ausgerechnet. Eine dreiköpfige Familie, von der ein Mitglied täglich von früh bis abends im Büro sitzt und ein anderes fünf Tage in der Woche in der Eastside-Schule verbringt, verbraucht ungefähr eine Rolle Toilettenpapier pro Woche. Das bedeutet, dass wir zweiundfünfzig Rollen im Jahr verbrauchen. 52 x 8 (die Anzahl der Jahre, bis ich aufs College gehe, wenn ich nicht sitzenbleibe, was unwahrscheinlich ist, oder eine Klasse überspringe, was noch unwahrscheinlicher ist) = 416. Das heißt, es bleiben sechzehn Rollen für Notfälle übrig.

Wir haben deshalb 432 Rollen Klopapier, weil mein Vater alleine einkaufen war. Dad soll nicht alleine einkaufen gehen, aber manchmal regt er sich furchtbar darüber auf und sagt, dass er es ja wohl schaffen sollte, alleine einzukaufen wie alle anderen Menschen auch. Und dann geht er zum Supermarkt, und da sind ganz viele Leute, und wenn es laut ist oder Lampen blinken – zum Beispiel ein Blaulicht, das ein supergünstiges Sonderangebot für Toilettenpapier verkündet –, wird mein Vater ganz nervös, und wenn das jemandem auffällt und er zu Dad sagt: »Das ist eine einmalige Gelegenheit! Nur für kurze Zeit!«, sagt mein Vater: »Das nehme ich«, und die Leute mit dem Blaulicht freuen sich. Und wenn er sagt, dass er den ganzen Stapel nimmt, bieten sie ihm sogar noch an, die Sachen nach Hause zu liefern. Dad ist dann gar nicht mehr nervös und glaubt, etwas sehr Schlaues getan zu haben – er hat nämlich dafür gesorgt, dass seine Familie acht Jahre lang genügend Toilettenpapier hat.

Und dann vergisst er das Ganze.

Bis der Lieferwagen bei uns vorfährt.

Die Perfectone D-60

Mein Vater sollte mir ein Klavier kaufen.

Aber statt ins Internet zu gehen oder *Oldies* anzurufen, den Laden für gebrauchte Musikinstrumente, fuhr er zum Einkaufszentrum, und es war voll und laut, und er ging an dem großen Springbrunnen mit dem steinernen Nilpferd vorbei und hörte ein Geräusch.

Bumpa-tschacka, bumpa-tschacka.

Seine Zehen fingen an zu tappen und seine Hüften fingen an zu wackeln. Der Mann aus dem Laden, der Perfectone-D-60er verkauft, sah meinen tanzenden Vater und winkte ihn heran.

Dad hat mir genau erzählt, was danach passiert ist. Aber das wäre gar nicht nötig gewesen. Ich konnte es mir vorstellen.

»Sie sehen aus wie ein Mann, der sich mit Musik auskennt«, sagte Mr Perfectone zu meinem Vater. *Bumpa-tschacka, bumpa-tschacka.* »Spielen Sie ein Instrument?«

Mein Vater lachte. Er hätte sagen sollen: »Meine Tochter gibt bald ein Konzert in der Carnegie Hall. Ich muss ihr nur noch ein Klavier kaufen, damit sie mit dem Unterricht beginnen kann.« Aber Dad war von dem *Bumpa-tschacka-bump* total fasziniert.

»Drücken Sie ruhig mal auf eine Taste«, sagte Mr Perfectone und glitt hinter dem Rücken meines *Bumpa-tschacka*-Dads vorbei. *Tschacka-bump.*

Dad drückte auf eine Taste. Eine kubanische Nachtklub-Band

sprang heraus. Das hat mein Vater gesagt. Eine einzige Taste, und schon konnte er Bongos, Trompeten und Gitarren hören.

Mr Perfectone legte einen Schalter um. »Noch mal«, flüsterte er meinem Vater ins Ohr. Dad war mutig. Er drückte auf zwei Tasten. Ein ganzes Orchester purzelte aus den Lautsprechern. »Nicht schlecht, Mozart«, sagte Mr Perfectone und ließ einen Quittungsblock und einen Kugelschreiber aus dem Ärmel gleiten.

Und anstatt eines eleganten Klaviers, das wie schwarzes Eis glänzte, lieferten zwei Wochen später zwei behaarte Typen ein Plastikmonster mit Holzmaserung.

Jetzt gehört die Perfectone D-60 mir.

Zur Perfectone D-60 gehört eine hilfreiche Broschüre. Das steht sogar auf dem Deckblatt: *Diese hilfreiche Broschüre erklärt Ihnen die faszinierenden Eigenschaften IHRER Perfectone D-60!*

In der Broschüre haben die Perfectone-D-60-Leute die faszinierenden Eigenschaften aufgezählt, die gar nicht so faszinierend sind, auch wenn die Leute viele Ausrufezeichen benutzten.

- *Zwei (2!) Manuale, ergonomisch angebracht, um obere und untere Oktaven leicht erreichbar zu machen!*
- *Vierundzwanzig (24!) Rhythmen von der Polka bis zu Samba und Marsch und elf (11!) Tempi. Oder Sie wählen das Metronom!*
- *Ultragoldene Lautsprecherabdeckungen – jetzt in modischem Webmuster!*
- *Fantastisch natürlich wirkendes Nussbaumfurnier!*
- *Sechsunddreißig (36!) orchesterähnliche Laute (Flöte, Oboe, Marimba, Geige, Tuba, Fagott, Klavier und viele mehr!)*

Ich schalte die Perfectone D-60 ein und drücke den Schalter für *Klavier*. Ich drücke auf eine Taste. Ich drücke auf zwei Tasten.

Ich bin nicht fasziniert.

Ich bin das Gegenteil von fasziniert.

Traue nie einem Ausrufezeichen.

Maestro

Mein Klavierlehrer sollte eigentlich ein lieber, zerknitterter alter Herr sein. Ich würde Maestro zu ihm sagen und er würde mich seinen perfekten, kostbaren Star nennen. Meine Eltern brächten mich zu seinem eleganten Haus, und er würde uns Tee servieren, und ich würde ihm vorspielen.

»Ein Wunderkind«, würde er sagen. Er würde mir davon abraten, zu viel zu üben, um die Natürlichkeit meines Spiels nicht zu verderben.

Er würde uns auf Partys mitnehmen und mich als den nächsten Horowitz vorstellen. Ich würde meinen Bewunderern zunicken, die mir aus Angst, meine talentierten Finger zu verletzen, nicht die Hand schütteln würden.

Bald würde der Maestro in mir die Enkelin sehen, die er nie gehabt hatte. Er würde Mom bitten, mir ein schönes, langes Kleid zu kaufen, das ich bei meinen Konzerten tragen könnte, und sagen, dass sich jemand um meine Haare kümmern soll, damit sie dicht und glänzend wären und nicht mehr so angeklatscht, langweilig und schlammbraun. Und eines Abends, kurz bevor ich die Bühne betrete, bekäme ich von ihm ein Samtkästchen überreicht, in dem ein Diadem mit lauter Brillanten läge, und ich würde es aufsetzen, und er würde vor Freude weinen.

Mabelline Person

Mit dem Kauf der Perfectone D-60 bekommt man sechs Monate kostenlosen Unterricht von Mabelline Person.

Das Erste, was man über Mabelline Person erfährt, ist, dass man sie nicht mit »Mabelline Person« ansprechen darf, so, wie es geschrieben wird, sondern dass man »Mabelline Per-saaahn« sagen muss. Und das Zweite ist, dass sie gern Gingerale trinkt und erwartet, dass eins für sie bereitsteht, wenn sie zu einem nach Hause kommt – am liebsten Vernors in einem Glas mit Eis. Und das Dritte ist, dass man das Glas mit dem Gingerale niemals, nie, nie, nie auf die Perfectone D-60 stellen darf.

»A-iiiiiiiiiiiiii!«, kreischt Mabelline Person und reißt mir das Gingerale aus den Händen, bevor ich das Glas auf dem fantastisch natürlich wirkenden Nussbaumfurnier der Perfectone D-60 absetzen kann. »Du musst vor deinem Instrument mehr Respekt haben! Sonst hat dein Instrument keinen Respekt vor dir«, sagt sie.

Dann musst du einen großen schweren Sessel quer durchs Zimmer zerren, damit sie darin sitzen, deine Finger auf den Tasten beobachten, die Noten im Heft mit den Augen verfolgen und seufzen kann. Kein zufriedenes Was-für-ein-Wunderkind-Seufzen, sondern ein Worauf-hab-ich-mich-da-bloß-wieder-eingelassen-Seufzen. Ich kenne dieses Seufzen. Es ist das gleiche, das meine Mutter jedes Mal von sich gibt, wenn Hugh, der UPS-

Mann, mit einem neuen Fern-Uni-Paket für meinen Vater an unserer Haustür auftaucht.

Mabelline Person zieht ein gelbes Blatt Papier aus der Tasche. Sie versucht, es mit einer Hand auf ihrem Schoß glatt zu streichen, während sie mit der anderen Hand in ihrer Tasche wühlt. Schließlich findet sie einen dicken lila Kugelschreiber.

Zoe Elias, schreibt sie. *Alter: 10.*

»Im Mai elf«, sage ich.

»Wir haben Januar«, sagt sie. »Hast du bereits Unterricht gehabt?«

Ich beginne, ihr von *Besser mit Lester* und der *Besser mit Lester*-Philosophie zu berichten, aber sie hält eine vielberingte Hand in die Höhe. »Also ja«, sagt sie. »Und wie lange?«

»Die *Besser mit Lester*-Methode besteht aus drei Unterrichtsphasen von je sechs Wochen Dauer. Wenn regelmäßig geübt wird, kann die *Besser mit Lester*-Methode in kurzer Zeit einen hervorragenden Spieler ...«

»Wie lange?«, fragt sie wieder.

»Vier Wochen«, sage ich. »Mein Vater ...« Ich will erklären, dass ich niemand bin, der schnell aufgibt. Dass es nicht meine Schuld ist, wenn ich nicht bis zum *Besser*-Teil von *Besser mit Lester* gekommen bin. Mein Vater konnte es nicht ertragen. Er hat mich zum Aufgeben gezwungen. Er fing montags schon an, sich wegen der Fahrt zum Eastside-Seniorenzentrum am Donnerstag Sorgen zu machen. Er guckte sich jeden Wetterbericht an, schaute auf der Website des Stadtteils nach, ob es irgendwo Baustellen gab, sah immer und immer wieder in seiner Brieftasche nach, ob sein

Automobilklub-Ausweis auch drinsteckte. »Was, wenn es keinen Parkplatz gibt?«, fragte er mich. »Was, wenn wir unterwegs von einem Sturm überrascht werden? Was, wenn das Gebäude wegen Bauarbeiten geschlossen ist?«

Mabelline Person will nichts über meinen Vater wissen. Es scheint ihr egal zu sein, ob ich schnell aufgebe oder nicht. »Spiel mir bitte vor, was du in der letzten Stunde gelernt hast«, sagt sie.

Ich muss die Treppe hinauf in mein Zimmer gehen und die *Besser mit Lester*-Noten holen. Als ich zurückkomme, liest Mabelline Person einen Liebesroman, dessen Einband halb abgerissen ist.

Ich lockere meine Finger, ziehe einmal an jedem und rüttele daran. Dann falte ich meine Tastatur auseinander, während Miss Person den Roman in ihre Tasche steckt. »Affenwalzer von Lester Rennet«, sage ich. Und dann fange ich an. Ich gebe alles, um Mabelline Person zu zeigen, dass ich eine talentierte Musikerin bin. Auch wenn ich nur den Affenwalzer spiele, weiß ich, dass mein Naturtalent durchbrechen wird und sie merkt, dass ich im Gegensatz zu den anderen, langweiligen, talentlosen Kindern, die sie unterrichten muss, ein Star bin, eine Auserwählte, ein vollkommenes Wunderkind, das es verdienen würde, einen glänzenden schwarzen Stutzflügel zu besitzen.

»Grundgütige Mutter Mozarts«, sagt Mabelline Person. »Das war wirklich allerhand.« Sie wischt sich eine Träne aus den Augen. Der Affenwalzer hat sie anscheinend tief bewegt. »Vielleicht könntest du es noch einmal versuchen – an einem Instrument, das Töne von sich gibt?«

Ich falte meine Papptastatur zusammen und schalte die Perfectone D-60 ein, die den gleichen Seufzer ausstößt wie Mabelline Person. Während meine Finger durch den Affenwalzer holpern und stolpern, sehe ich, dass Mabelline Person mit ihrem lila Kugelschreiber eifrig kritzelt. Sie schreibt nicht *Wunderkind.*

Schweben wie ein Schmetterling

Mein Vater lernt gerade, wie man Boxtrainer wird. Das ist ein neuer Kurs an der Fern-Uni, wo man jeden Beruf erlernen kann, ohne die vertraute Umgebung seines Zuhauses verlassen zu müssen.

Mein Vater hat schon gelernt, wie man »mit Einklebebüchern Freunde finden und Geld verdienen«, »mit Lastern Zaster machen« und »Partys in Geldmaschinen verwandeln« kann. Mein Vater hat jede Prüfung bestanden, sogar im Tiefseetauchen, wofür er eine halbe Stunde lang unter Wasser bleiben musste. Er hat den Test in unserer Badewanne absolviert und durch einen Knickstrohhalm geatmet. Ich habe auf die Uhr geschaut.

Im Moment absolviert Dad den Kurs »Goldene Handschuhe – als Boxtrainer reich werden« und ist bei Lektion fünf angekommen: »Aufmunternde Worte«. Er probiert sie an mir aus, obwohl ich keine Boxerin werden will. Er sagt, das Schöne an dem Kurs ist, dass man das Gelernte sowohl im Aufsichtsrat als auch im Boxring anwenden kann. Außer den Tipps fürs Zuschlagen.

Ich sage Dad, dass ich nicht weiß, was ein Aufsichtsrat ist, aber er meint, das spiele keine Rolle. Er sagt, er kann an mir üben, egal, was ich mache. Weshalb er mir gerade die Schultern massiert und »Schwebe wie ein Schmetterling!« sagt, während ich auf der Perfectone D-60 den Affenwalzer spiele.

Zuerst lenkt es mich ab. Dann stört es mich. Ich sage meinem

Vater, er soll das Massieren lassen, und er sagt: »Gut so! Sei wütend! Sei stark! Bekämpfe deine Qual!«

Die einzige Qual im Raum ist mein Vater.

Ich versuche, mich auf die Musik zu konzentrieren, die klingen soll wie tanzende Affen, die anmutig durch einen festlichen Ballsaal gleiten. In Wahrheit klingt es so, als ob richtige Affen auf den Tasten herumhopsen.

Ich wette, auf einem Klavier würde es nicht so klingen. Auf einem Klavier wäre jede Note zart und schön.

Aber ich spiele nicht Klavier.

»Stich zu wie eine Biene!«, brüllt Dad.

Ich drücke auf den Aus-Schalter, und die Perfectone D-60 stößt einen gewaltigen Seufzer aus. »Ich mach eine Pause.«

»Völlig okay, Champ«, sagt Dad und massiert mir wieder die Schultern. »Dann erledigst du sie eben in der zweiten Runde.«

Wie ich es Emma Dent erzähle

Meine beste Schulfreundin ist Emma Dent. Ich nenne sie meine beste Schulfreundin, weil wir uns nur in der Schule sehen. Emma Dent wohnt in East Eastside. Sie sagt, dass dort alle Häuser riesig sind und ganz große Zimmer und hohe, gewölbte Decken haben wie eine Kirche. Und dass sie entweder beige Teppiche haben oder Fußböden, die wie Marmor aussehen. Emma Dent hat drei Schwestern, und jede hat ihr eigenes Zimmer, und ihre Eltern haben ein eigenes Bad neben dem Schlafzimmer mit einer Badewanne, die so groß ist, dass alle vier Mädchen gleichzeitig baden könnten, was sie aber nie tun würden, weil das unhygienisch wäre.

Ich wohne im einfachen alten Eastside in einem Bungalow mit drei Zimmern und normalen Zimmerdecken und dusche meistens.

Emma Dent sagt, ich kann nach der Schule nicht zu ihr kommen, weil ihre Eltern nicht da sind. Nur Rosa ist da, und die hat genug um die Ohren, weil sie auf alle vier Dent-Schwestern aufpassen muss, damit keine die beigen Teppiche und die Fliesen, die wie Marmor aussehen, schmutzig macht.

Ich sage Emma Dent, dass das okay ist. Und es ist auch okay. Denn selbst wenn mich Emma Dent zu sich nach Hause einladen würde, könnte ich wahrscheinlich nicht kommen, weil mein Vater mich hinbringen müsste, und er verfährt sich immer – manchmal fahren wir nur im Kreis herum und suchen etwas, woran man sich orientieren kann, was es in East Eastside aber nicht gibt, weil die Häuser alle gleich aussehen. Und dann müssen wir an den Straßenrand fahren, damit Dad eine Weile durchatmen kann. Und manchmal muss er sein Handy rausholen und den Automobilklub anrufen. Dann ruft der Automobilklub Martys Eastside-Abschleppdienst an, und Marty ruft Dad an und sagt ihm, wie er nach Hause kommt. Marty ist super darin – er sagt, es macht Spaß, uns nach Hause zu dirigieren. Das sei wie Kreuzworträtsel lösen.

Jedenfalls habe ich Emma Dent das ganze Schuljahr lang erzählt, dass meine Eltern mir ein Klavier kaufen. Ich habe ihr erzählt, dass ich dann Privatstunden bekomme und ein Wunderkind werde und dass mein Ziel Carnegie Hall ist.

»Wer ist Carnegie Hall?«, fragte Emma.

»Carnegie Hall ist kein Mensch. Das ist ein Gebäude«, erklärte ich. »In New York City. Das ist der schönste, wichtigste und berühmteste Konzertsaal der Welt.«

»Meine Mutter hat mal Monty Hall getroffen. In Lansing.« Ich weiß nicht, wer Monty Hall ist, aber Emma sagte das so, als ob ich ihn kennen müsste. So, wie sie Lansing sagte. Als ob die Stadt genauso schön, wichtig und berühmt wäre wie New York City. Ist sie aber nicht.

Heute, am ersten Schultag nach den Weihnachtsferien, wollte ich Emma von der Perfectone D-60 erzählen. Dass mein Vater meine Träume auf einen felsigen Strand geschleudert und zerschmettert hat. Dass mein Talent wohl nie erblühen wird. Dass mein Leben als Wunderkind vorbei ist.

Ich wollte ihr von rauschendem Beifall erzählen, der nie erklingen würde, von Ballkleidern, die nie getragen, und Briefen, die nie geschrieben würden.

Ich wollte meiner lieben, besten Freundin Emma Dent mein Herz ausschütten, und diese Tragödie würde uns für immer unzertrennlich machen, wie Schwestern.

Aber Emma sitzt beim Mittagessen nicht an unserem gewohnten Tisch. Sie sitzt zwei Tische weiter und teilt sich mit Joella Tinstella eine Tüte Chips.

»Jetzt sind Joella und ich beste Freundinnen«, sagt Emma. »Wir haben die ganzen Weihnachtsferien miteinander verbracht. Sie wohnt auch in East Eastside, nur ein paar Häuser weiter. Wenn du willst, kannst du dich zu uns setzen, bis du eine neue beste Freundin gefunden hast.«

Wenn ich meine Papptastatur dabeihätte, könnte ich sie jetzt ruhig aufklappen. Es würde keinen Unterschied mehr machen.

Jetzt gehöre ich zu den Außenseitern.

»So ist es gewesen«

Nach der Schule studiere ich meistens mit Dad zusammen an der Fern-Uni. Letzte Woche haben wir den Kurs »Goldene Handschuhe« abgeschlossen. Jetzt sind wir bei »Alles Roger, Whiskey, Over und Out – Fliegen lernen wie die Profis«. Wir sind bei Lektion vier angekommen: »Start!«

»Okay, Dad.« Ich lese aus dem Handbuch vor. »Zündknopf drücken.«

Mein Vater starrt den Tisch an. Er hält in der linken Hand einen Bratpfannendeckel und schwenkt die rechte Hand über den Haushaltsgeräten, die wir so auf dem Tisch verteilt haben, wie es die Anweisungen vorschreiben. Das ist unser Cockpit. »Der Salzstreuer, Dad. Drück auf den Salzstreuer!«

Ich strecke die Hand aus, um darauf zu zeigen, und schmeiße den geriebenen Käse und ein paar Gläser mit Gewürzen um.

»Vielleicht sollte ich doch lieber ein Weilchen solo fliegen, mein Schatz.« Dad stellt den Oregano wieder an den Platz, wo der Höhenmesser sein soll. »Warum übst du nicht ein bisschen Orgel?«

Die Perfectone D-60 sieht schon eher aus wie ein richtiges Cockpit. Es gibt jede Menge Knöpfe und Schalter und flackernde Lichter, die an- und ausgehen, je nachdem, welchen der vierundzwanzig Rhythmen man wählt. Miss Person sagt, ich soll noch nicht mit Rhythmen spielen. Sie sagt, dass ich drei ganze Monate lang nur das Metronom einschalten soll, das tock-tock-tock macht und langweilig ist. Aber obwohl ich erst seit einem Monat und einer Woche spiele, probiere ich meine Lektionen mit verschiedenen Rhythmen aus, damit ich über den Tasten nicht einschlafe.

Was nicht nötig wäre, wenn ich Klavier üben würde.

Klavier üben ist nie langweilig.

Es gibt Filme, in denen Leute viel Klavier üben.

Ich habe mal einen Film über ein lockiges kleines Mädchen gesehen, das im Radio ein Klavierkonzert hörte, und am nächsten Tag sorgten ihre Eltern dafür, dass sie Unterricht und ein richtiges Klavier bekam. Und ihr Lehrer sagte, sie solle Tonleitern üben, was ihr gar nicht gefiel. In Klavierfilmen müssen die Leute immer Tonleitern spielen. Alle sagen, dass sie es hassen, Tonleitern zu spielen, aber sie tun es trotzdem, und dann gibt es viele Nahaufnahmen von Händen, die Tonleitern spielen. Zuerst sind die Hände klein wie die von dem lockenköpfigen Mädchen. Dann werden sie zu Teenie-Händen und schließlich zu Erwachsenen-Händen, und als Nächstes sieht man, dass das Mädchen kein Kind mehr ist, sondern eine junge Frau in einem Abendkleid, die in der Carnegie Hall Beethoven spielt.

Auf der Heimorgel spielt man keine Tonleitern. Und Beethoven auch nicht. Meistens spielt man alte Fernsehmelodien aus dem Notenheft der Perfectone D-60.

Ich kann schon die *Ballade von Gilligans Insel* und die *Scooby-Doo*-Melodie spielen. Diese Woche ist der *Brady-Family*-Song dran. Der ist ziemlich leicht. Ich spiele ihn ein paarmal mit eingeschaltetem Metronom und drücke dann den Schalter, über dem *Western Swing* steht.

»Sehr schön, mein Schatz«, sagt Dad.

»Es klingt okay«, sage ich. *Für eine Orgel*, denke ich. »Willst du es mal als Cha-Cha-Cha hören?«

»Na, klar«, sagt Dad.

Ich drücke auf einen Knopf, und ein zackiger Beat setzt ein. Bevor wir die Perfectone D-60 bekamen, hatte ich noch nie einen Cha-Cha-Cha gehört. Es klingt wie zwei Schuhe, die nacheinander auf den Boden fallen, und ein Hund, der sich kratzt. *Wumm-wumm-cha-cha-cha, wumm-wumm-cha-cha-cha*. Genau so.

Dad tanzt durchs Wohnzimmer. Ich drücke an der Perfectone D-60 auf *Steel Drum und Marimba*.

»Olé!«, ruft mein Vater. Dann fängt er an zu singen – *cha-cha-cha* – von einer schönen Frau – *cha-cha-cha*.

Als er an die Stelle kommt, die von drei Jungs handelt, stelle ich den Rhythmusschalter auf Polka, und die Tasten holen Akkordeonklänge aus dem Kasten. Dad singt weiter, aber jetzt hopst und wirbelt er durchs Zimmer. Dabei singt er mit einem komischen Akzent und rollt das »r« wie verrückt.

Er hoppelt im Kreis herum. »Das is ein wunderbarrre Polka, Zoe«, sagt er. »Einfach wunnnderbarrr.«

»Danke«, sage ich.

»Aber mirrr wird schwindelig von das Drrrehen!«

Ich drücke auf ein paar Schalter, tausche die Akkordeon- gegen Tubaklänge aus und ändere den Rhythmus. Jetzt kommt Marschmusik heraus.

Dad grinst und rennt aus dem Wohnzimmer, um sich zwei Topfdeckel zu schnappen, die er für seinen Jumbojet-Kurs benutzt hat. Er marschiert auf dem Teppich auf und ab und reißt die Knie hoch, singt und schlägt die Becken aneinander. *Kläng-kläng!*

»Großes Finale!«, schreie ich, und Dad wirft einen Topfdeckel in die Höhe, dreht sich um die eigene Achse und versucht, den Deckel hinter seinem Rücken aufzufangen. Daneben. Der Deckel rollt in den Flur und klappert auf dem Linoleum.

Ich spähe um die Perfectone D-60 herum, um zu sehen, wo er gelandet ist. Er liegt vor Moms Füßen. Sie ist von der Arbeit nach Hause gekommen. Vor lauter Spielen und Singen haben wir sie nicht kommen hören.

»Lasst mich raten! Bei der Fern-Uni gibt's jetzt auch einen Trommelkurs?«, sagt sie und wirft Dad das ausgebüxte Becken zu. »Wo ist das Abendessen? Ich habe einen Riesenhunger.«

»Konnte nicht kochen«, sagt Dad. »Alle Messbecher sind im Cockpit.«

Mom seufzt.

»Wing Ping Linguini?«, fragt Dad. Das ist sein liebstes chinesisch-italienisches Grillrestaurant. Das Essen ist nicht gut, aber sie liefern.

»Können wir uns nicht leisten. Wir kriechen immer noch aus dem Finanzloch, das deine Marschkapelle hinterlassen hat.« Mom nickt mit dem Kopf in Richtung Perfectone D-60.

Dad setzt sich. Die Topfdeckel klappern auf seinem Schoß.

»Schon okay, Schatz«, sagt Mom. »Wir essen eine Tiefkühlpizza.«

Dad nickt und geht in die Küche.

Mom dreht sich zu mir. »Solltest du nicht Tonleitern üben oder so?«

Eingeladen

Kurz vor dem Valentinstag bringt der Postbote einen rosa Umschlag, der aussieht wie ein Brief von einem heimlichen Verehrer. Ist es aber nicht. Es ist eine Einladung: rosa, in Form eines Turnschuhs mit einer großen silbernen Schleife, wo die Schnürsenkel sein sollten.

Wir feiern Geburtstag!
Und du bist eingeladen!
Wir wollen, dass du kommst und viel Spaß hast!
Das wird eine supertolle Schuh-Schuh-Show!
WER: *Emma Dent*
WAS: *Eine Party zum 11. Geburtstag – bring deine Tanzschuhe mit!!*
WO: *Superior Drive 31, East Eastside*
WANN: *Samstag, den 6. März, um 16 Uhr*
WARUM: *Weil du zu Emmas besten Kumpeln gehörst!!!*

Emma Dent hat mich zu ihrer Geburtstagsparty eingeladen. Mich. Ihre ehemals beste Freundin. Aber auf der Einladung steht, dass ich zu ihren besten Freundinnen gehöre. Jetzt. In diesem Moment. Na ja, es steht »beste Kumpel« da, aber das ist ja eigentlich das Gleiche.

Vielleicht hat sie sich mit Joella gestritten. Vielleicht hat Emma dauernd von mir geredet und gesagt, wie viel Spaß es beim Mittagessen immer gemacht hat, mit mir über alles Mögliche zu quatschen. Vielleicht ist Joella eifersüchtig geworden und hat zu Emma gesagt, dass sie mich doch heiraten soll, wenn sie mich so gernhat, was natürlich total kindisch und doof ist, aber genau das, was eine doofe, kindische Person wie Joella sagen würde. Und dann hat Emma »gut!« gesagt, und Joella hat »gut!« gesagt, und dann kam Emma sich vielleicht ganz gemein vor, weil sie mich so schlecht behandelt hat, und wusste nicht, was sie zu mir sagen sollte. Also hat sie mich zu ihrer Geburtstagsparty eingeladen und gehofft, dass ich komme und ihr verzeihe. Was ich natürlich tun werde.

Ich schaue mir die Einladung noch mal an und sehe, dass noch was hinter der silbernen Schnürsenkelschleife steht.

Schschschschschsch! Emma nichts verraten!
Es ist eine Überraschungsparty!

Emma Dent hat mich gar nicht zu ihrer supertollen Schuh-Schuh-Show eingeladen.

Sondern ihre Mutter.

Für das Mädchen, das alles hat

Ich sage meinem Vater, dass ich für Emma Dents Geburtstagsparty Tanzschuhe brauche.

Er sagt es meiner Mutter.

Und meine Mutter sagt, dass meine normalen Schuhe gut genug sind und was das eigentlich für Eltern sind, die eine Party geben, für die sich Kinder extra Schuhe kaufen müssen, und reicht es nicht, dass wir zwanzig Dollar für ein Geburtstagsgeschenk ausgeben?

Wir geben aber keine zwanzig Dollar aus. Wir geben 14,98 Dollar aus. Plus Versandkosten.

»Was für ein Geburtstagsgeschenk bringt man bloß zu einer supertollen Schuhparty mit?«, frage ich Dad.

»Geruchshemmende Einlegesohlen?«

»Dad!«

»Wie wär's mit Socken?«

Socken sind vielleicht okay. Emma und ich haben als Drittklässler beim Volkstanzunterricht zum ersten Mal miteinander geredet. Wir zogen unsere Turnschuhe an und Emma fiel auf, dass wir beide Zehensocken trugen. Und als wir uns einen Tanzpartner aussuchen sollten, nahm sie mich und das war's. Beste Freundinnen.

»Socken sind gut«, sage ich.

Dad und ich verbringen den ganzen Nachmittag damit, im Internet Socken zu shoppen. Wir bestellen einen ganzen Stapel auf einer Website, die sich *Mach dich auf die Socken* nennt. Wir kaufen rosa Socken mit glitzernden Schweinchen und türkisfarbene mit Krokodilen, die Sonnenbrillen tragen, und zwei Paar gestreifte Zehensocken, eins für mich und eins für Emma. Wie früher.

Emma Dents supertolle Schuh-Schuh-Show

Emma Dents Party findet an einem Samstagnachmittag statt, was bedeutet, dass meine Mutter rechtzeitig nach Hause kommen kann, um mich zu Emma zu fahren, obwohl sie samstags meistens arbeiten muss. Was gut ist, weil der Eastside-Abschleppdienst samstags früher Feierabend macht und wir, falls Dad sich verfährt, bis Montag im Auto sitzen und darauf warten müssten, dass Marty aufmacht, damit wir ihn anrufen und fragen können, wie wir nach Hause kommen.

Meine Füße ruhen auf dem Armaturenbrett. Ich starre auf meine normalen Schuhe, die nicht zum Tanzen geschaffen sind.

»Neue Socken«, sagt Mom.

Ich kann nicht heraushören, ob sie das gut findet, wie in »Cool, neue Socken!«, oder ob sie es schlecht findet, wie in »Wo hast du das Geld für neue Socken her?«.

Ich mag meine neuen Socken. Die Streifen sind in allen meinen Lieblingsfarben. Türkis, meergrün, blaugrün, marineblau. Türkis, meergrün, blaugrün, marineblau. Jetzt, wo ich meine normalen Schuhe anhabe, sieht man es nicht, aber die Zehen sind rosa.

Vielleicht ziehe ich beim Tanzen die Schuhe aus.

»Superior Drive Nummer einunddreißig, stimmt's? Ist es hier?«, fragt Mom.

Auf dem Schnee im Vorgarten steht ein riesiger aufblasbarer Stöckelschuh.

»Ich glaube, ja.«

»Ich bin um sechs zurück, Zoe. Kannst du dann fertig sein, damit ich nicht aussteigen muss?«

»Okay«, sage ich.

»Wenn du mich brauchst, ruf einfach im Büro an«, sagt Mom.

Ich greife mir Emmas Geschenk und geh schnell den Weg zum Haus hinauf.

Mrs Dent macht mir die Tür auf. »Es ist Zoe Elias!«, schreit sie.

»Ooooooooooooooooooooooooh.«

»Wir dachten, es ist Emma«, sagt Mrs Dent. »Die anderen Mädchen sind im Fernsehzimmer.«

Im Fernsehzimmer befinden sich ein riesiger Fernseher mit Flachbildschirm und eine Wand voller DVDs und Poster von Filmen, von denen ich noch nie gehört habe, und auf dem Boden sind Fliesen, die wie Marmor aussehen. Außerdem hocken zehn Fünftklässler eng zusammengequetscht auf einer L-förmigen Couch.

»Hi«, sage ich.

»Hi«, sagen alle gleichzeitig.

Keiner rührt sich. Auf der Couch ist kein Platz mehr. Ich stelle mich neben ein Poster, das für *Todeswunsch II* wirbt.

»Du kannst dein Geschenk da drüben hinlegen«, sagt Joella Tinstella und zeigt auf einen Klapptisch, auf dem sich viele kleine rosa Päckchen stapeln.

Ich lege mein Geschenk dort ab und kehre an meinen *Todeswunsch*-Platz zurück.

Joella hat silberne Clogs mit bunten Glassteinen an, die das

Wort FRATZ bilden. Britt Munsch hat die gleichen an, nur sind ihre glänzend rot und FRATZ ist goldfarben. Alle haben diese Fratz-Schuhe an. Außer Lily Parker. Lily Parker trägt Sandalen mit Absätzen, die mindestens 8 cm hoch sind. Sie sieht, dass ich sie anstarre.

»Die gehören meiner Schwester. Sie geht in die achte Klasse. Sie hat sie sich für die Winter-Wunderland-Party der East-Eastside-Mittelschule gekauft. Sie ist mit Danny Parker hingegangen. Der ist aber nicht mit uns verwandt.«

Nicht verwandt. Trotzdem fände ich es ziemlich komisch, mit einem Jungen auszugehen, der den gleichen Nachnamen hat wie ich. Eigentlich fände ich es ziemlich komisch, überhaupt mit einem Jungen auszugehen.

»Kinder, es ist so weit!« Mrs Dent bedeutet uns, still zu sein, und alle, die auf der Couch gesessen haben, springen auf und verstecken sich dahinter. Ich gehe hinter dem Klapptisch in die Hocke.

»Mom«, hören wir Emma sagen, »vor dem Haus steht ein großer Schuh!«

»ÜBERRASCHUNG!«, brüllen wir. Und dann springen alle hinter der Couch hervor und lachen und hopsen herum, und ihre Clogs klappern auf den Fliesen, die wie Marmor aussehen. Neun Paar laute, glänzende, glitzernde Clogs – nein, zehn, Emmas mitgezählt.

Und keine Socke in Sicht.

Das weiß doch jeder

Als Emma ihre Geschenke aufmacht, wird viel gequiekt. Als Erstes bekommt sie Lipgloss, das sie sofort ausprobieren muss.

»Oh, mein Gott«, sagt Joella Tinstella, »du siehst aus wie das Mädchen in *The Beach.*« Und alle quieken und nicken. Alle außer mir. Ich schaue mir so was im Fernsehen nicht an.

Emma öffnet ein paar kleine Umschläge mit Gutscheinen und ein Päckchen mit CDs. Noch mehr Gequieke.

Und dann schenkt Lily Parker ihr ein rotes T-Shirt, auf dem in Gold FRATZ steht, und Emma gefällt es so gut, dass sie ins Bad rennen muss, um ihr rosa Fratz-Shirt aus- und Lilys rotes Fratz-Shirt anzuziehen, und als sie ins Fernsehzimmer zurückkommt und sich wie ein Model verrenkt, quieken wieder alle.

Und dann macht sie mein Geschenk auf.

Und kriegt Socken.

Keiner quiekt.

Emma starrt die Socken an. Dann fährt sie mit einer Hand in eine Socke, als ob sie erwartet, dass das richtige Geschenk da drin ist. Außer Emmas Hand ist aber nichts drin.

»Zeit zum Kuchenessen und Tanzen!«, ruft Mrs Dent.

Emma legt die Socken hinter ihre CDs und Gutscheine, und wir folgen Mrs Dent in einen Raum, den sie das *große Zimmer* nennt, der aber eigentlich nur das Wohnzimmer und die Küche in einem ist. Auf der Kücheninsel steht eine kunstvoll verzierte Torte aus der Konditorei in Form eines Schuhs. Emma bläst die Kerzen aus, und alle jubeln und jemand legt eine CD mit Musik ein und dann wird getanzt. Mrs Dent schneidet die Torte an, und während sie Stücke verteilt, höre ich Joella zu Britt sagen, dass nicht einmal Emmas Mutter Socken trägt.

»Niemand trägt Socken. Das weiß doch jeder«, sagt sie.

Ich beschließe, nicht zu tanzen.

Ich sitze auf meinen Füßen und verstecke meine normalen Schuhe und meine gestreiften Socken.

Ich esse Schuhtorte.

Ich warte, bis es sechs Uhr ist.

5:45

Mrs Dent schaltet den CD-Spieler aus. »Kinder, es gibt noch ein letztes Geschenk. Kommt mal alle mit!«

Wir folgen Mrs Dent über den Flur zu einem Zimmer mit einer Doppeltür.

»Voilà!«, sagt sie und reißt mit Schwung die beiden Türhälften auf.

Und dort steht, umwickelt mit einer riesigen rosa Schleife, ein glänzender weißer Flügel.

6:00

Ich steige ein.

»Sch«, sagt Mom. »Horowitz.«

Sie lauscht *WCLS*, dem Klassik-Sender. Es läuft Beethovens Mondscheinsonate. Ich schließe die Augen und versuche nicht an Fratz-Clogs und weiße Flügel zu denken.

Als wir in unsere Einfahrt einbiegen, öffne ich die Augen.

Mom hat ihre geschlossen. Sie sitzt da und lässt den Motor laufen. Ihre Mundwinkel sind ein wenig nach oben gebogen. Sie sieht glücklich aus.

Ich mache meine Augen wieder zu.

Was Mom wohl denkt?

Vielleicht denkt sie über mich nach.

Vielleicht denkt sie über mich nach, so wie ich über sie.

Vielleicht fragt sie sich, ob es mir auf der Party gefallen hat und ob ich Partys mag und ob ich vielleicht gerne mal eine richtige Geburtstagsparty machen würde, wenn ich im Mai elf Jahre alt werde.

Oder vielleicht denkt sie an ihre Arbeit.

»Bravo!«, brüllt jemand im Radio. »Bravo!« Wir hören zu, wie die Leute jubeln, und dann zieht Mom den Zündschlüssel ab und der Applaus ist weg.

»Niemand trägt Socken«, sage ich.

»Nicht einmal in Michigan? Im März? Wenn noch Schnee liegt?«

»Niemand.«

»Du trägst Socken«, sagt Mom.

»Eben«, sage ich.

Wie wär's mit einer Rumba?

»Das war gut«, sagt Mabelline Person. Sie kippt die letzten Tropfen ihres Gingerales hinunter und streckt sich.

»Und nächste Woche …« Sie blättert die Seite im Notenheft der Perfectone D-60 um. Für die heutige Stunde habe ich *Green Acres* geübt. Der nächste Song heißt *Those Were the Days* und ist die Titelmelodie der Fernsehsendung *Es bleibt in der Familie,* wie das Notenheft behauptet.

»Rutsch mal rüber«, sagt sie.

Ich mache die Bank frei, damit sie sich setzen und mir das Lied vorspielen kann. Wie alles andere, das ich gelernt habe, ist *Those Were the Days* hauptsächlich Melodie, weshalb sich die rechte Hand von Mabelline Person auf den oberen Tasten viel bewegen muss, die linke Hand auf den unteren Tasten aber nur ein paar Akkorde spielt. C. G. C. G. Sie gähnt.

»Lass das Tempo des Metronoms auf Vier«, sagt sie.

»Okay«, sage ich.

Sie schaut auf ihre Armbanduhr. Dann faltet sie ihre gelben Notizzettel zusammen und steckt sie in die Tasche. Sie streckt sich und schaut wieder auf ihre Uhr.

»Noch Fragen?«

»Nö«, sage ich.

Sie schaut noch mal auf ihre Uhr.

»Okay«, sagt sie schließlich. »Ich muss los.«

Kaum klickt die Tür hinter ihr ins Schloss, späht Dad ins Wohnzimmer.

»Ist sie weg?«, fragt er.

»Sie ist weg«, sage ich.

»Gut«, sagt Dad. Er hält einen Pfannenwender in der Hand wie ein Mikrofon. »WIE WÄR'S MIT EINER RRUMBAAAA-AAAA?«

Ich stelle den Rhythmusschalter auf Rumba, das Tempo auf Sechs und spiele wieder *Green Acres.*

Und dann fängt Dad an zu singen. Jetzt hält er den Pfannenwender wie eine Mistgabel und hakt einen Daumen in den Träger seiner unsichtbaren Latzhose, wie ein Bauer.

Ich füge ein paar Triller – kurze flatternde Töne – hinzu, um der Sache etwas Pfiff zu geben.

Dad singt vom Leben auf der Farm. Er wackelt mit den Hüften.

Ich schalte auf Tango und ändere mein Spiel so, dass es zum Rhythmus passt.

Dad nimmt den Pfannenwender zwischen die Zähne und tanzt durch den Raum. Dann spuckt er ihn aus, um zu seinem großen Finale anzuheben. Aber bevor er eine Note singen kann, klingelt es an der Tür.

Es ist Mabelline Person.

»*Du* hast das eben gespielt! Ich hab dich durchs Fenster gesehen. *Du* warst das«, sagt sie.

»Tut mir leid«, sage ich. »Ich weiß, ich soll mich ans Metronom halten.«

Sie stampft ins Wohnzimmer und blättert wie wild in den Noten der Perfectone D-60 herum. Beim Lied *I Dream of Jeannie* hält sie an.

»Schau!«, sagt sie.

Ich schaue. Ihre rechte Hand fliegt über die oberen Tasten, und ihre linke Hand bewegt sich auch ziemlich schnell.

»Siehst du meinen Fuß?«, fragt sie.

Ihren Fuß? An der Perfectone D-60 sind Pedale befestigt. Zehn Stück. Ich bin manchmal draufgetreten, wenn ich mich auf die Bank gesetzt habe oder aufgestanden bin, und ich weiß, dass sie verschiedene Noten erklingen lassen, aber ich musste sie bisher nicht benutzen.

»Die Buchstaben da über den Noten sagen dir, auf welche Pedale du treten musst«, sagt sie über die Schulter gewandt. Sie spielt immer noch *I Dream of Jeannie*. »Die Pedale sind wie die Tasten angeordnet. Siehst du? H-C-D-E-F-G-A-H-C-D und die Halbtöne. Ich möchte nächste Woche sehen, was du damit anstellst.«

Miss Person erhebt sich und geht zum Sessel. Sie fährt mit der Hand unter den Polstern entlang. »Da sind sie ja«, sagt sie und zieht ihre Schlüssel hervor.

»Du.« Sie zeigt auf mich. »Metronom.«

»Und Sie?« Sie wirbelt herum und sieht meinen Vater an, der sich hinter dem Vorhang versteckt hat. »Für Sie vielleicht einen Bauchtanz.«

Hugh

Der einzige Erwachsene außer meiner Mutter, mit dem sich mein Vater richtig unterhält, ist Hugh, der Typ vom Paketdienst. Hugh hat große Zähne und einen buschigen Schnurrbart. Außerdem hat er eine Glatze, und im Winter kann man sehen, wie sein Kopf dampft.

Hugh hat Dad gerade seinen neuesten Fernkurs geliefert: »Selber backen, Kohle machen«. Hugh sitzt an unserem Küchentisch und trinkt einen Kaffee.

»Einmal«, erzählt Hugh, »habe ich bei einem alten Mann ein Paket abgeliefert, und der sagt zu mir: ›Hey, ich muss was verschicken. Haben Sie vielleicht mal einen großen Karton?‹ Normalerweise sag ich den Leuten, dass sie sich ihre Verpackungen selber besorgen müssen, verstehste?«

»Verstehe«, sagt Dad.

»Aber der Typ ist wirklich alt, und ich hab noch ’n leeren Karton im Wagen, also geb ich ihm den Karton, verstehste?«

»Verstehe.«

»Und er schaut ihn sich an und sagt, dass er ’n bisschen klein ist, aber wenn er das Dings zusammenrollt, könnt’s passen. Aber er braucht ’n bisschen Hilfe, weil das Dings, das er verschicken muss, ganz schön schwer ist, verstehste?«

»Verstehe«, sagen Dad und ich gleichzeitig.

»Ich hatte ’n bisschen Zeit an dem Tag, und der Alte wusste

anscheinend echt nicht, wie er das schwere Dings verpacken soll, also bin ich zu ihm rein ins Haus, um ihm zu helfen, verstehste?«

»Verstehe.«

»Der Alte führt mich also durchs Haus und ins Bad, und ich denke, das ist aber komisch, aber ich geh mit, und er macht das Licht im Badezimmer an, und was glaubt ihr, was da drin ist?«

Dad und ich haben keine Ahnung.

»Ein Alligator! Der Typ hat einen meterlangen Alligator in der Wanne! Ich bin total ausgeflippt! Ich spring auf die Toilette, damit mich die Alligatorzähne nicht erwischen, und kreische wie ein kleines Mädchen – nichts für ungut, Zoe –, aber da hat der Typ doch tatsächlich einen verflixten Alligator im Haus!«

Dads Augen sind weit aufgerissen, und ich muss lachen, weil ich mir den großen, glatzköpfigen Hugh vorstelle, wie er auf der Klobrille balanciert und sich die Lunge aus dem Leib schreit.

»Und dann brüllt der Alte: ›Sie ist tot! Sie ist tot, Sie Idiot! Sie beißt nicht, sie ist tot!‹« Hugh nimmt einen großen Schluck Kaffee und schüttelt den Kopf. »Wie sich herausstellt, ist sein Badewannen-Alligator – Ramona hieß sie – am Morgen gestorben, und der Typ will sie zu seiner Exfrau nach Florida schicken, wo sie den Alligator in der Nähe von irgendeinem Sumpf begraben soll, damit sich Ramona bei ihrem ewigen Nickerchen im Schlamm auch wohlfühlt.«

»Haben Sie ihm geholfen?«, frage ich.

»Ich fass doch keinen scheintoten Alligator an!«, sagt Hugh. »UPS würde ihn eh nicht transportieren. Aber ich stell mir gerne vor, wie seine Exfrau die Kiste aufmacht und glaubt, dass sie das große Los gewonnen hat, und dann grinst sie ein toter Alligator an!«

Dad und ich lachen. Hugh hat fast ausgetrunken, aber ich möchte, dass er weiter Geschichten erzählt. »War das der verrückteste Kunde, den Sie je hatten?«, frage ich.

»Ja, wahrscheinlich. Aber wir haben eine Menge Verrückte. Erst gestern war ich drüben in East Eastside, und so ’ne Dame sieht meinen Wagen, kommt aus dem Haus gerannt, barfuß über den Schnee, und sagt, sie muss was zurückgeben und was es kosten würde, einen Flügel zu transportieren. Verrückt, oder?«

»Verrückt«, sage ich.

In Hochform

»Spielt jemand von euch ein Instrument?«, fragt Mrs Trimble. Unser Musiklehrer, Mr Popadakis, hat eine Bindehautentzündung und ist heute nicht da, also muss Mrs Trimble für ihn einspringen.

»Ich spiele Geige«, sagt Hector Kheterpohl.

Mrs Trimble sieht sich im Musiksaal um. Hier sind keine Geigen, nur ein Klavier und eine Plastikkiste voll Schlaginstrumente: Tamburine, Maracas, Glocken und eine Triangel. Mrs Trimble verteilt sie.

»Emma hat einen Flügel«, sagt Britt.

»Nicht mehr«, sagt Emma. »Ich hatte eine Klavierstunde und fand es furchtbar. Da hat meine Mutter den Flügel an *Oldies* verkauft und mir dafür eine supertolle Musikanlage besorgt. Ich habe jetzt einen Plattenspieler und CD-Player und ein paar Verstärker und das ganze coole Zeug, und mein Vater muss rausfinden, wie das alles funktioniert. Dann können wir zu Hause tanzen, und ich und Joella können die Discjockeys sein.«

»Von meiner Mutter weiß ich schon genau, was man als DJ macht«, sagt Joella. Als ob wir das je vergessen könnten! Als ob Joella nicht jeden Tag ein T-Shirt tragen würde, auf dem Radio *WPOP* steht, wenn sie nicht gerade ein Fratz-Shirt trägt.

»Wir haben hier aber keine Musikanlage«, sagt Mrs Trimble. »Also müssen wir eben diese Sachen hier schütteln und irgendwas dazu singen. *Old MacDonald*?«

Ich glaube, Mrs Trimble vergisst manchmal, dass wir Fünftklässler sind.

»Du hast doch ein Klavier, oder nicht?«, fragt mich Emma Dent.

»Eine Heimorgel«, sage ich.

»Das ist doch fast das Gleiche«, sagt Mrs Trimble. »Komm, spiel etwas, und wir singen dazu. Kannst du *Old MacDonald* spielen?«

Ich kann *Old MacDonald* nicht spielen. Aber ich kann *Green Acres* spielen. Es fühlt sich anders an, auf einer einzigen langen Tastenreihe zu spielen, aber ich finde raus, wo ich meine Hände hintun muss, und fange an. Zuerst fehlt mir der Rumbaschalter der Perfectone D-60, aber ziemlich bald schütteln alle ihre Tamburine und Maracas, und es klingt okay.

»Hat dieses Lied auch einen Text?«, fragt Mrs Trimble, und ein paar Kinder lachen. Und dann singt Wheeler Diggs vom Land, das sich bis zum Horizont erstreckt. Sofort zeigt sich, welche Kinder viel fernsehen, weil sie den Text auswendig kennen und mitsingen.

Als *Green Acres* vorbei ist, klatschen alle. Und dann fragt Mrs Trimble, ob ich noch etwas kann, und ich spiele den *Scooby-Doo-Song*. Fast alle kennen den Text, und alle singen und lachen, und ich finde, dass es gar nicht so schlecht wäre, wenn Mr Popadakis für immer eine Bindehautentzündung hätte.

Aber dann klingelt es und es ist Mittagspause und alle sollen ihre Instrumente nach vorn durchreichen, und Emma und Joella sagen, dass es auf ihren Partys richtige Musik geben wird, und wir gehen zurück in unser Klassenzimmer und holen unsere Sachen für die Mittagspause.

Wheeler Diggs rempelt mich im Korridor an. »Das war cool«, sagt er und boxt mich auf den Arm, was ein bisschen wehtut, aber auf eine gute Art.

Wheeler Diggs

Wheeler Diggs macht keine Hausaufgaben.

Er beteiligt sich nicht am Unterricht.

In der Schulcafeteria kauft er sich immer einen Milchshake und einen Teller voll Kroketten.

Er nennt die meisten Leute beim Nachnamen: Polzdorfer, Olivetti, Mueller, Shell.

Er trägt orangefarbene Turnschuhe und seine Jeans sind zerrissen und ausgefranst. Er hat immer eine ausgebleichte Jeansjacke an, sogar drinnen, sogar, wenn es draußen heiß ist. Und im Winter zieht er keinen Mantel drüber. Dann stopft er nur ein US-Army-Sweatshirt drunter.

Wheeler Diggs sieht meistens ziemlich verlottert aus.

Bis auf die Haare.

An jedem anderen sähen solche Locken doof aus, aber bei ihm sehen sie wild aus und genau richtig. Und sie sind dunkel, wodurch seine blauen Augen noch heller strahlen. Und sein Lächeln, das ein bisschen schief ist, sieht aus, als ob er eigentlich gar nicht lächeln möchte, aber nicht anders kann.

Weshalb manchmal jemand zurücklächelt. Und manchmal – meistens – kriegt derjenige dann eine Faust in den Magen. Deshalb haben sogar die Kinder, die in der Mittagspause an seinem Tisch sitzen, ein bisschen Angst vor ihm, und deshalb hat Wheeler Diggs auch keinen besten Freund.

Ich träum von Jeannie

»Langsamer mit dem Metronom. Stell es auf Tempo drei.«

Ich stelle es langsamer ein. Ich spiele nun schon die zweite Woche *I Dream of Jeannie,* und meine Füße stolpern über die Pedale. Aber meine Hände tun, was sie sollen.

»Okay«, sagt Miss Person. »So furchtbar war das gar nicht. Du gewöhnst dich an die Pedale, und deine Fingerarbeit war ziemlich gut.« Sie kritzelt etwas auf ihr gelbes Papier.

»Bin ich ein Wunderkind?«, frage ich.

Miss Person grunzt. Sie steckt die Kappe auf ihren lila Kugelschreiber. »Du hast Talent und bist fleißig. Das ist mir allemal lieber als ein Wunderkind.«

Als ich das höre, fühle ich mich gut. Aber nicht so gut, als wenn sie mich Wunderkind genannt hätte.

»Ist dein Vater da?«

»Dad!«, rufe ich.

»Um Johann Sebastians willen – schrei doch nicht so! Mich trifft ja gleich der Schlag!«

Dad kommt ins Zimmer. Er hat eine Fern-Uni-Schürze um und Mehl bis zu den Ellbogen.

»Normalerweise mache ich das nicht mit Anfängern«, sagt Miss Person. »Aber ich schlage vor, dass Ihre Tochter dieses Jahr am Perfectone-Orgelwettbewerb teilnimmt. Sie ist zehn, oder? Wann hat sie Geburtstag?«

»Am 14. Mai«, sage ich, bevor Dad antworten kann.

»So ein Pech! Der Wettbewerb beginnt am 15. Mai. Dann muss sie gegen die Elfjährigen antreten, und die meisten spielen bestimmt schon einige Jahre. Ich glaube aber nicht, dass sie sich blamieren wird.«

»Wo findet der Wettbewerb denn statt?«, fragt Dad.

»In Birch Valley«, sagt Mabelline Person. Sie zieht einen Werbezettel aus der Handtasche. »Im Hotel und Konferenzzentrum Birch Valley. Am 15. und 16. Mai.«

»Ist das ein Wochenende?«, fragt Dad.

»Ja, Samstag und Sonntag wird vorgespielt und am Sonntagnachmittag prämiert.«

Ich sehe, wie Dad sich entspannt. Der Veranstaltungsort ist nur eine Autostunde von uns entfernt und das Ganze findet an einem Wochenende statt. Das heißt, dass Mom mich hinbringen kann und Dad nicht fahren und mit so vielen Leuten zusammen sein muss.

»Ich muss in unseren Kalender schauen, aber es klingt gut«, sagt Dad.

»Schön«, sagt Miss Person. »Dann gehen wir mal wieder an die Arbeit.«

Hey, denke ich. *Wieso fragt mich eigentlich keiner, ob ich das überhaupt will?* Und das sage ich dann auch.

Miss Person schweigt.

Dad schweigt.

»Tut mir leid, mein Schatz«, sagt er schließlich. »Willst du beim Orgelwettbewerb mitmachen?«

Mir fällt ein, wie es sich angefühlt hat, als meine Finger über die Tasten geflogen sind, und wie Miss Person mich angesehen hat, als ich fertig war. Es fühlte sich gut an. Richtig gut. Nicht so gut, wie es sich anfühlen würde, Klavier zu spielen, aber ...

»JA!«, brülle ich.

»Mozarts Meerschweinchen!«, haucht Miss Person.

Ich stelle das Metronom an und lasse meine Finger wieder von Jeannie träumen.

Das Liederbuch der Perfectone

In unserer nächsten Orgelstunde gibt mir Mabelline Person eine CD und einen Stapel Noten für die Perfectone D-60: *Fabelhafte Filmmelodien, Hits der Fünfziger, Hits der Sechziger, Hits der Siebziger, Hits der Neunziger.*

»Was ist mit den Achtzigern?«, frage ich.

»In den Achtzigern gab es keine Hits«, sagt Miss Person.

An einigen Seiten kleben kleine Zettel, auf die Nummern gekritzelt sind. »Ich habe von allen Songs, die meiner Meinung nach für dich geeignet sind, eine Aufnahme gemacht. An den Nummern auf den Aufklebern kannst du sehen, welche es ist«, erklärt sie. »Hör sie durch. Sieh dir die Noten an. Probier ein paar Melodien aus. In zwei Wochen müssen wir anfangen, ausschließlich an deiner Auswahl für den Orgelwettbewerb zu arbeiten.«

»In zwei Wochen?«

»Hast du einen Kalender? Bis zum Orgelwettbewerb sind es nur noch sieben Wochen. Wir sollten eigentlich schon nächste Woche beginnen, aber ich möchte, dass du noch eine Woche lang an den Pedalen übst, bevor wir ein Stück auswählen«, sagt sie.

Nur sieben Wochen!, denke ich. »Mein lieber Herr Gesangverein!«

»Du sagst es«, sagt Miss Person.

Noch eine Sache, weshalb eine Heimorgel kein Klavier ist

Wenn man Klavier spielt, geht man nicht zu Orgelwettbewerben. Man gibt einen Klavierabend.

Ein Klavierabend ist eine würdevolle Angelegenheit.

Bei einem Klavierabend stehen Kerzenständer herum.

Die Leute sitzen auf Stühlen, die mit Samt bezogen sind, schlürfen Champagner und schauen ins Programmheft. Bei einem Klavierabend gibt es immer ein Programmheft.

Bei einem Klavierabend wird Mozart, Beethoven, Strauss und Bach gespielt.

Man spielt keine *Hits der Siebziger*.

Zsa Zsa Goober

In der Cafeteria ist irgendwas furchtbar falsch.

Pfadfinder haben die Cafeteria erobert.

Drei Tische sind mit grünen Tüchern bedeckt, auf denen Pyramiden aus Karamell und Pfefferminzplätzchen aufgebaut sind. Was bedeutet, dass es drei Tische weniger zum Sitzen gibt. Was bedeutet, dass ein Sechstklässler meinen Bis-du-eine-neue-beste-Freundin-hast-Platz an Emma Dents Tisch eingenommen hat.

Viertklässler sitzen an Drittklässler-Tischen.

Sechstklässler sitzen an Fünftklässler-Tischen.

Jungen sitzen neben Mädchen.

Es könnte sonst was passieren.

»Hey, Goober!«, höre ich Wheeler Diggs rufen. Er schaut mich an. Wieso Goober?

»Zsa Zsa Goober! Komm her!«

Jetzt kapiere ich. Zsa Zsa Gabor. *Green Acres.*

»Es war *Eva* Gabor, die in *Green Acres* mitgespielt hat«, sage ich. »Zsa Zsa war ihre ältere Schwester. Ich hab was über sie in der Fernsehzeitschrift gelesen. Und es heißt Ga-bor, nicht –«

»Setz dich, Goober«, sagt er.

Ich setze mich. Auf den einzigen freien Platz im Raum.

»Iss«, sagt er.

Ich esse.

Und dann machen Wheeler Diggs und die anderen Jungs wieder

das, was sie gemacht haben, bevor ich an ihren Tisch gekommen bin. Sie essen und schubsen sich und rülpsen. Hauptsächlich rülpsen sie.

Rülpsen macht ihnen unheimlich Spaß.

»Baby-Rülpser«, sagt Colton Shell. Mit hoher Stimme gibt er einen winzigen Rülpser von sich.

»Erdbeben«, sagt Henry. Sein Rülpser rumpelt laut.

»Heiße Lava!«, brüllt Colton. Zwischen einem Erdbeben-Rülpser und einem Heiße-Lava-Rülpser ist kaum ein Unterschied herauszuhören, aber ich sage nichts.

»Weltall«, sagt Henry.

»Im Weltall kann man nicht rülpsen«, sage ich.

Echt. Es geht wirklich nicht. Das habe ich gelernt, als Dad an der Fern-Uni den Kurs »Brauchst du Knete, flieg eine Rakete« gemacht hat – Lektion 15: »Nicht mehr warten, sofort starten!« Ich sage den Jungs, dass sich an ihren Mägen oben ein Ventil befindet, das ein kleines bisschen offen ist, damit Rülpsgas entweichen kann, und dass es im Weltall keine Schwerkraft gibt und der Hamburger oder Joghurt oder was auch immer du gerade gegessen hast, nach oben schwebt und das Ventil zudrückt. Deshalb kann kein Gas raus. Also kann man nicht rülpsen.

»Ich wette, ich könnte.« Henry lässt noch einen Erdbeben-Rülpser vom Stapel.

»Wenn das stimmt, das mit dem Essen und so, dann kann man mit dem Kopf nach unten auch nicht rülpsen.«

»Wahrscheinlich nicht«, sage ich.

»Ich wette, ich könnte«, sagen Henry und Colton gleichzeitig.

Sally Marvin kommt an den Tisch gehüpft. »Möchte jemand Pfefferminzplätzchen kaufen?«

Henry und Colton rülpsen »nein«.

Sally ekelt sich, aber sie hat ihre Uniform an und bewahrt den Pfadfindern zuliebe die Fassung. »Wir sind noch den ganzen Monat lang hier.« Sie mustert Wheeler Diggs' zerrissene Jeans. »Aber es gibt nichts auf Pump.«

Ich möchte Sally sagen, dass sie verschwinden soll, aber als ich den Mund aufmache, kommen keine Worte raus. Stattdessen lasse ich einen Erdbeben-Rülpser los, über den Henry Olivetti vor Stolz von einem Ohr zum anderen grinst.

Noch ein Diplom

Mein Vater ist ein Plätzchen-Schätzchen.

Das steht jedenfalls auf dem Diplom für den Kurs »Back dir einen Weg zur Bank – Wie man aus Keksen Bares macht«.

»Herzlichen Glückwunsch«, sage ich.

»Danke«, sagt er. »Und was machen wir jetzt mit all den Keksen? Der Gefrierschrank ist voll.«

Überall sind Plätzchen.

Dicke Plastikbeutel voller Plätzchen.

Schokoladenkekse, Haferflockenkekse, Rosinenkekse, Nusshäufchen, Zing-Peng-Dudels, Madeleines, Kokos-Iglus, Zitronenplätzchen, Barney-Gu-Gus, Karamell-Bussis, Pecannuss-Heidesand, Sirupkugeln, Marshmallow-Puff-Daddys, Maisschleifen, Ahornmakronen, schottisches Buttergebäck, Lebkuchen, Mandelbrot, Mini-Gugelhupfe, Zimtsterne, Florentiner und Schweinsöhrchen.

»Hast du Hugh welche gegeben?«, frage ich.

»Drei Tüten voll«, sagt mein Vater. »Mehr wollte er nicht.«

»Du könnest mir ein paar für mittags einpacken«, sage ich.

»Absolut!«, sagt Dad.

Pfadfinder-Gespräche

»Was ist in dem Karton, Goober?«, fragt Wheeler Diggs. Er schiebt seine Kroketten zur Seite, um Platz zu machen.

»Das findest du raus, wenn du aufhörst, mich Goober zu nennen«, sage ich.

»Okay, Zsa Zsa. Was ist im Karton?«

Es ist ein großer Karton. Er ist voller Plätzchen.

»Bestialisch!«, sagt Colton. Ich glaube, er meint, dass er das gut findet.

»Total bestialisch«, sage ich. »Bedien dich!«

Das tut er. Und Henry Olivetti bedient sich auch. Und ein paar andere Jungs: Danny Polzdorfer, Mario Pollack, Felix und Oscar Mellenderry. Bald darauf ist unser Tisch von Schülern umringt.

»Bedient euch!«, sage ich.

»Die sind der Wahnsinn!« Danny Polzdorfer hat sich sämtliche Ahornmakronen unter den Nagel gerissen.

»Mach Platz, Dorf!«, sagt ein Sechstklässler. »Was gibt's mit Schokolade?«

Ich zeige auf die Mini-Gugelhupfe und Schokoladenkekse.

Joella und Emma schieben sich durch die Menge.

»Puff-Daddys?« Ich biete sie an.

»Wir sind auf Diät«, sagt Joella. Emma sagt nichts. Sie liebt Marshmallows. Einen Puff-Daddy auszuschlagen, muss für sie schrecklich sein.

»Wo hast du die alle her?«, fragt jemand mit einem Nusshäufchen.

»Die hat mein Vater gemacht.«

Schüler boxen sich zum Tisch vor und schreien was von Sirupkugeln und Zing-Peng-Dudels. Krümel fliegen durch die Luft. Dann wird es plötzlich still.

Eine Wand aus Pfadfindern schließt sich um uns.

»Was geht hier vor?«, fragt Sally Marvin. »Willst du unser Geschäft ruinieren?«

Oh Schreck! Der Keks-Verkauf der Pfadfinder!

»Das hab ich ganz vergessen«, sage ich.

»Vergessen?«, ruft eine Rothaarige. Ihre Finger zucken, und sie sieht aus, als ob sie einen Laufknoten, oder was auch immer die Pfadfinder so knüpfen, aus mir machen will. »Du bringst zufällig gerade heute tonnenweise Kekse mit in die Schule und behauptest, dass du unseren Verkauf vergessen hast?«

Es ist ein Karton. Ein Karton von UPS. Keine Tonne. Aber darum geht es ihr wahrscheinlich nicht.

»Ich hab es wirklich vergessen! Mein Vater hatte so viele Plätzchen übrig …«

Die Rothaarige stößt mir einen Finger in die Brust. »Du hast dir gerade die Pfadfinder Amerikas zum Feind gemacht!«

Ich brauche keine blöden Abzeichen

Als ich acht war, wollte ich ein Wölfling sein.

Ich bastelte mir aus Küchenkrepp eine von diesen Schärpen, malte einen Haufen Abzeichen drauf und trug sie manchmal im Haus.

Aber ich wurde nie ein Wölfling.

Die Treffen der Pfadfinder finden nach der Schule statt und dauern anderthalb Stunden, was bedeutet, dass man den Schulbus verpasst. Also muss jemand, der vielleicht gerade mitten in einer Besprechung ist, seinen Mantel und seine Stiefel und sonst was anziehen, dich abholen und nach Hause kutschieren und dann die ganze Strecke quer durch die Stadt zu seinem Büro zurückfahren, weil es dann erst halb fünf ist und sich die Arbeit nicht von selber macht.

Damals wollte ich zu den Pfadfindern, aber es ging nicht.

Jetzt will ich nicht mehr.

Zum Glück.

Wheeler im Bus

»Zsa Zsa!« Es ist Wheeler Diggs. Was macht der denn im Bus?

»Mein Bruder hat mich immer gefahren, aber jetzt ist er in der Armee«, sagt Wheeler.

»Tut mir leid«, sage ich.

»Hast du noch Kekse?«

»Nicht dabei. Zu Hause stehen noch ein paar Kisten voll rum. Ich kann dir morgen welche mitbringen, aber die Pfadfinder dürfen es nicht mitbekommen.«

»So lange kann ich nicht warten. Ich habe *jetzt* Hunger. Wo wohnst du?«

»Eastside«, sage ich.

»Mann, Goober! Alle im Bus wohnen in Eastside!«

»Zsa Zsa«, erinnere ich ihn. »Ich wohne in der Moorhuhnstraße, Ecke Teichrohrsänger-Allee.« Viele Straßen in Eastside sind nach den Vögeln Michigans benannt.

»Das ist nah«, sagt Wheeler.

Und als der Bus an meiner Haltestelle hält, steigt Wheeler mit aus und folgt mir nach Hause.

Dreimal klopfen

Wheeler Diggs folgt mir ins Haus.

Mein Vater ist in der Küche, backt und lauscht der CD von Miss Person. Bei einem der *Hits der Siebziger* singt er mit. »Oh my darlin' …«

»Dad, das ist Wheeler Diggs«, sage ich.

Dad hört auf zu singen. Er starrt mich an. Dann starrt er Wheeler an. Dann starrt er mich wieder an.

»Sie backen fantastische Kekse, Sir«, sagt Wheeler.

Sir? Wheeler Diggs hat Sir gesagt?

Dad sagt immer noch nichts.

»Besonders die Zitronenplätzchen. Echt spitze.«

Echt spitze? Wovon redet er? Wer ist dieser Typ?

Dad schluckt. »Danke«, sagt er. »Möchtest du noch eins?«

Und plötzlich sitzt Wheeler Diggs mit meinem Vater an unserem Küchentisch, einfach so. Dad erklärt ihm den Unterschied zwischen Natron und Backpulver und weshalb man die Eier schlagen muss, bevor man sie in den Plätzchenteig tut, und wie wichtig es ist, den Backofen vorzuheizen. Und Wheeler saugt alles gierig auf. Die Kekse. Und den Keksvortrag.

Sonst tun Dad und ich das immer. Wir reden über seine Fernkurse und er gibt mir Plätzchen. Wie kann er das alles jetzt mit irgendeinem hergelaufenen Typen tun?

»Es ist ganz einfach«, sagt Dad. »Hier, willst du mal probieren?«

Ich sehe zu, wie Wheeler Diggs sich eine Schürze umbindet und Eier aufschlägt. In meinem Zuhause. Mit meinem Vater.

»Dad«, sage ich. »Ich muss mich noch für ein Lied entscheiden, das ich beim Orgelwettbewerb spielen will.«

»Schon okay, Zoe. Mach nur. Der junge Mann und ich werden dich nicht stören. Wie war dein Name noch mal?«

Wheeler sagt es ihm und Dad wiederholt: »Wheeler.« Und dann fragt ihn Dad, ob er nicht die Jacke ausziehen möchte, und Wheeler sagt Nein, weil er seine Jacke nie auszieht, und Dad sagt: »Okay.« Und dann fangen Wheeler und Dad an, Plätzchen zu backen, und ich nehme den CD-Spieler mit ins Wohnzimmer, um nicht wie ein Idiot dazustehen, weil ich so ein Gedöns um die Auswahl des Songs mache.

Ich suche auf der CD das nächste Lied auf meiner Liste: Nummer 17.

Miss Person spielt es mit Samba-Rhythmus.

Da ist es – im Heft *Hits der Sechziger.*

Es ist von einem Typ namens Roy Orbison.

Es heißt *Only the Lonely.*

Her mit dem Takt!

Die ganze Woche lang höre ich mir die 22 Songs auf Miss Persons CD an.

Sie klingen alle gleich.

Ist es euch auch schon passiert, dass ihr in einem Laden steht, Musik aus den Lautsprechern hört und denkt, das kenn ich doch? Aber der Titel fällt euch nicht ein, weil niemand singt und statt der Gitarren Harfen, Trompeten und Geigen spielen und es viel zu langsam oder zu schnell ist? Und das Lied, das ihr zu kennen glaubt und für euer Lieblingslied haltet, wenn es richtig gespielt würde, klingt so, als ob Wheeler Diggs es in den Bauch geboxt hätte.

Alle Lieder auf Miss Persons CD klingen so. Als ob man sie in den Bauch geboxt hätte.

Nicht, dass ich sie alle schon mal gehört hätte! Die meisten stammen aus der Zeit vor meiner Geburt. *Seasons in the Sun, Smells like Teen Spirit, Who put the Bomp (in the Bomp-Bomp-Bomp)* und *The Theme from Family Ties.*

»Welches soll's denn nun sein?«, fragt Mabelline Person.

»*Forever in Blue Jeans* von Neil Diamond«, sage ich. Der Name gefällt mir. Diamond. Wenn ich schon kein Diamanten-Diadem in der Carnegie Hall tragen darf, dann kann ich wenigstens beim Orgelwettbewerb einen Diamanten-Song spielen.

»Schön. Dann mal los!« Miss Person drückt einen Rhythmusschalter. »Später spielst du das mit dem Rock-Beat Nummer drei, aber bis dahin …«

Metronom.

Was komisch ist

Wheeler Diggs kommt weiter mit zu mir nach Hause.

Was wirklich komisch ist

Wheeler Diggs und mein Vater belegen den neuesten Fern-Uni-Kurs zusammen. Wheeler macht Blätterteig. In meiner Küche.

Und an Tagen, an denen Mom anruft und sagt, dass sie später nach Hause kommt, bleibt Wheeler einfach da und vertilgt Moms Essen. Also fast jeden Tag.

Und nach dem Abendessen bleibt er noch und macht seine Hausaufgaben.

Ich weiß nicht, was komischer ist. Dass Wheeler Diggs Moms Essen isst oder dass er tatsächlich seine Hausaufgaben macht.

Wahrscheinlich die Hausaufgaben.

»Wheeler«, sagt Dad. »Es ist schon fast sieben. Kommt dein Vater nicht bald nach Hause?«

Wheeler stopft seine Sachen in den Rucksack.

»Möchtest du ihm ein paar Eclairs mitbringen?«, fragt Dad.

»Nö. Trotzdem danke.«

»Soll ich dich nach Hause fahren?«, fragt Dad.

Fahren? Mein Vater bietet ihm an, ihn zu fahren?

»Nö. Ich wohn doch gleich drüben in der Seetaucherstraße.«

»Okay. Sehen wir dich morgen wieder?«, fragt mein Vater.

»Dad«, sage ich. »Morgen ist Mittwoch. Da habe ich Musikunterricht.« Ich habe eine Woche lang *Forever in Blue Jeans* geübt und muss sagen, ich bin schon ganz gut. Vielleicht so gut, dass Miss Person mich doch noch zu einem Wunderkind erklärt.

»Macht es dir was aus, ihr bei ihrer Musikstunde zuzuhören?«, fragt mein Vater Wheeler.

»Ich hab sie üben gehört. Schlimmer kann es nicht sein«, sagt er.

Dad lacht. »Dann bis morgen.«

Wenn es nicht sofort klappt

Miss Person hält sich das Glas mit Gingerale an die Stirn, als ob sie ihre Kopfschmerzen damit lindern wollte. »Bei Wagners Tante«, sagt sie. »Versuchen wir's noch mal. Dieses Mal nur mit der linken Hand.«

Ich spiele den linkshändigen Teil. Ohne die Melodie, die alles überdeckt, kann ich jede Menge falsche Noten hören. Sie sind schräg und schrecklich und so weit vom Spiel eines Wunderkindes entfernt, wie es nur geht.

»Hast du das gehört? Spiel den Teil noch mal!«

Ich spiele.

»Noch mal.«

Ich spiele.

»Noch mal.«

Ich spiele.

»Noch mal.«

Ich spiele.

»Noch einmal.«

Ich spiele.

»Schon besser«, sagt sie. »Spiel es noch einmal.«

Ich spiele.

Miss Person kritzelt etwas auf gelbes Papier. »Okay«, sagt sie. »Folgendes. Ich will, dass du die ganze Woche lang nur mit der linken Hand übst – nur mit der linken Hand. Nächste Woche bringen wir wieder beide Hände zusammen. Und die Woche darauf kommen die Pedale dazu.« Miss Person zählt an den Fingern ab. »Dann haben wir noch eine Woche, um dich für den Orgelwettbewerb perfekt zu machen.«

Sie redet weiter über das Üben und dass es noch lange dauern wird, bis ich auftrittsreif bin, und dass ich den Rhythmus ja noch gar nicht einbezogen habe.

Ich sage nichts.

Wenn ich sprechen würde, würde ich weinen.

Der einzige Mensch, der mich weinen sehen darf, ist mein Vater.

Und der ist in der Küche und macht Blätterteig mit Wheeler Diggs.

Und dann treffe ich eine Entscheidung

Ich werde das Ganze hinschmeißen.

Ich schmeiße hin

Es ist schließlich kein Weltuntergang, wenn ich das Ganze hinschmeiße.

Echt nicht.

Wirklich nicht.

Das Klavierspielen aufzugeben, wäre etwas ganz anderes.

Das wäre eine Tragödie.

Im Kino geben Leute das Klavierspielen nur dann auf, wenn ihre Frau stirbt oder wenn sie an Gedächtnisverlust leiden oder im Krieg einen Arm verlieren.

Und selbst dann hören sie nicht für immer auf, denn eines Tages sitzen sie da und denken an die gute alte Zeit, als sie noch eine Frau hatten oder ein Gedächtnis oder einen Arm, und dann sehen sie, dass zufällig im Zimmer ein Klavier steht, und sie gehen hin und drücken auf eine Taste, eine einzige Taste, und dann auf eine zweite und noch eine, und plötzlich spielen sie wieder Klavier, und sie merken, dass sich das Leben lohnt. Und sie sind glücklich. Und bald darauf finden sie eine neue Frau, und ihr Gedächtnis kehrt zurück, und sie lernen jede Menge Stücke, die für einhändige Klavierspieler geschrieben worden sind.

Ich würde Klavier spielen, wenn ich nur eine Hand hätte.

Wenn es die rechte Hand wäre.

Nicht die linke Hand.

Mit der linken Hand kann ich nicht spielen.

Wenn ich nur noch meine linke Hand hätte, müsste ich ununterbrochen üben.

Ununterbrochen.

Was ich nicht müsste, wenn ich ein Wunderkind wäre, weil ich dann so viel Talent hätte, dass ich nur einmal auf die Noten schauen, mich hinsetzen und spielen würde, und alles wäre perfekt. Sogar der linkshändige Teil. Perfekt.

Was ich aber nicht kann.

Weshalb ich das Ganze hinschmeiße.

Was ich meinem Vater sagen werde.

Falls Wheeler jemals verschwindet.

Wir kriegen das raus

Wheeler bleibt zum Essen.

Dann bleibt er noch, um seine Matheaufgaben zu machen. Wir nehmen gerade die Maßeinheiten durch. Drei Liter sind wie viele Deziliter?

»Voll einfach«, sagt Wheeler.

Er kritzelt die Antwort in sein Heft. Dreißig. Er schaut nicht einmal auf die Maßtabelle.

»Bäcker wissen so was«, sagt er.

Ich weiß so was nicht. Ich weiß, wie viele Fehler ich in einem einzigen Takt machen kann (vierzehn). Ich weiß, wie viele Male ich noch *Forever in Blue Jeans* spielen will (kein einziges). Ich weiß, wie groß mein Wunsch ist, dass Wheeler Diggs nach Hause geht (unendlich).

»Wheeler, es ist sieben Uhr«, sagt Dad.

Wheeler schiebt sein Heft in den Rucksack. »Danke, dass Sie mir mit Natur und Technik geholfen haben«, sagt er.

»Kein Problem«, sagt Dad. »Bis morgen.«

»Tschüs«, sagt Wheeler. »Tschüs, Zsa Zsa.«

Ich starre auf meine Maßtabelle. »100 Milliliter sind ein Deziliter«, sage ich. Wheeler dreht sich um und schlurft den Flur entlang. Die Haustür knallt zu. »Zehn Deziliter sind ein Liter. Zehntausend Milliliter sind zehn Liter. Hundert Liter sind ein Hektoliter.«

Dad wirft sich ein Geschirrtuch über die Schulter und setzt sich neben mich. »Ein Hektoliter?«, fragt er.

»Ich dachte, Bäcker wissen solche Sachen«, sage ich.

»Mit Hektolitern kenne ich mich nicht so gut aus«, sagt Dad. Er stupst mich mit der Schulter an. Ich soll ihn zurückstupsen, tu es aber nicht.

Das einzige Geräusch im Raum ist das Schaben meines Bleistifts. *100 Deziliter*, schreibe ich. *10 Liter*. Endlich erhebt sich Dad langsam von seinem Stuhl.

»Wieso hilft Wheeler eigentlich nicht sein eigener Vater bei den Hausaufgaben?«, frage ich.

Dad setzt sich wieder. »Du weißt doch, dass Wheelers Eltern geschieden sind, oder nicht? Wheeler lebt bei seinem Vater, und sein Vater kommt erst spät von der Arbeit.«

»Warum hilft er ihm nicht, wenn er zu Hause ist?«, frage ich.

Dad fährt mit der Hand über den Tisch. »Schätzchen, hast du Wheelers Vater mal kennengelernt?«

Ich schüttele den Kopf.

»Ich auch nicht. Ich habe Wheeler gebeten, ihn mir zu beschreiben. Wheeler sagt, er hat einen Rennfahrerstreifen – seine linke Gesichtshälfte und sein linker Arm sind ganz braun gebrannt, weil er immer mit offenem Fenster fährt.«

Ich lache und stelle mir einen Erwachsenen vor, der wie Wheeler aussieht und ein Gesicht hat, das nur auf einer Seite braun ist.

»Anscheinend ist Wheelers Vater nur glücklich, wenn er in Bewegung ist. Wenn er nicht arbeitet, joggt er oder er mäht den

Rasen oder fährt in seinem Pick-up durch die Gegend. Er fühlt sich im Haus genauso unwohl wie …«

»Wie du draußen?«, frage ich.

Dad lacht leise. »John Diggs braucht es wahrscheinlich genauso sehr, den Wind in den Haaren zu spüren, wie ich das Linoleum unter den Füßen.«

»Und was braucht Wheeler?«, frage ich.

Dad klopft ein paarmal mit der flachen Hand auf den Tisch. Er sieht mich an wie sonst immer, wenn er mir bei den Hausaufgaben hilft. Geduldig. Er wartet, dass ich selber auf die Lösung komme.

»Wheeler braucht *uns*?«, frage ich und weiß schon die Antwort.

»Und was ist mit dir?«, fragt Dad. »Was brauchst du?«

Die ganze Zeit habe ich darauf gewartet, meinem Vater sagen zu können, dass ich das Ganze hinschmeißen will, aber jetzt, wo er bereit ist, mir zuzuhören, bin ich nicht bereit, es ihm zu sagen.

»Ich muss wissen, wie viel Liter zweieinhalb Hektoliter sind«, sage ich.

Dad rutscht mit dem Stuhl an meinen heran. »Das kriegen wir raus.«

Ich schmeiße immer noch hin

Am Donnerstag spiele ich nicht Orgel.

Am Freitag spiele ich nicht Orgel.

Am Samstag spiele ich nicht Orgel.

Am Samstagabend schauen Mom, Dad und ich fern. In einer Werbepause fragt Dad: »Warum spielst du nicht ein bisschen Orgel?«

Ich zucke mit den Schultern, und dann geht der Krimi mit dem irren, aalglatten Kommissar weiter, und Dad schaut wieder fern.

Aber Mom schaut zu mir.

Ich sehe sie nicht an, aber ich weiß, dass sie mich beobachtet.

Ich sollte ihnen sagen, dass ich das Ganze hinschmeiße.

Echt.

Aber ich tu's nicht.

Ich schaue nur zu, wie der Kommissar im Fernsehen in einem vollgestopften Fahrstuhl durchdreht. Ich schaue fern und Dad schaut fern und endlich hört Mom auf, mich zu beobachten, und schaut auch wieder fern.

Morgen werde ich ihnen sagen, dass ich das Ganze hinschmeiße.

Wer hätte das gedacht?

Dad sind die Eier ausgegangen. Normalerweise bekommen wir Lebensmittel von unserem Händler geliefert, aber es ist Sonntag, und die Sachen, die wir bestellt haben, werden erst am Dienstag gebracht. Dad hat eine Windbeutelkrise. Ohne Eier kann man keine Windbeutel backen.

»Ich hole welche«, sagt Mom. Sie zwinkert Dad zu und wendet sich dann an mich.

»Hast du Lust, mitzukommen?« Mom fragt mich sonst nie. Es geht schneller, allein in den Supermarkt zu flitzen, ohne noch jemanden mitschleifen zu müssen, der um eine Tüte Kartoffelchips betteln könnte. Was ich nicht tun werde, weil heute der Tag ist, an dem ich ihnen sagen werde, dass ich das Ganze hinschmeiße, und allein der Gedanke daran macht einen Knoten aus meinem Magen, also könnte ich sowieso nichts essen.

Sobald wir im Auto sitzen, schaltet Mom das Radio ein. Den Klassik-Sender. Es läuft eine Sendung, in der irgendwelche Jugendlichen klassische Musik spielen. Im Studio sind Zuhörer, und jedes Mal, wenn einer der Jugendlichen aufhört zu spielen, johlen und klatschen sie wie verrückt, bis der Moderator sie anfleht, sich zu beruhigen, damit er sein Interview machen kann.

»So, Daniel, seit wann spielst du Cello?«, fragt er, und Daniel, der Cellist, sagt: »Seit meiner Kindheit.« Darüber lachen alle. Mom lacht auch.

»Bleib im Auto, okay?«, sagt Mom. »Ich hole die Eier und bin gleich wieder da.« Sie schaltet den Motor aus, lässt den Schlüssel aber im Zündschloss, damit das Radio weiterläuft.

Daniel, der Cellist, erzählt, dass er mit fünf Jahren angefangen hat, Cello zu spielen. »Aber ich wurde erst mit acht richtig gut. Davor habe ich nicht viel geübt.«

»Und wie viel übst du jetzt?«, fragt der Moderator.

»Das hängt davon ab, wie viele Hausaufgaben ich aufhabe«, sagt Daniel, und das Publikum lacht wieder. Ich kapier nicht, was daran so lustig sein soll.

»Ich übe so etwa zwei bis drei Stunden am Tag«, sagt er. »Außerdem bin ich im Schulorchester. Das ist dann noch eine Stunde.«

Vier Stunden pro Tag.

»Und das Stück, das du heute gespielt hast, die Cellosuite Nummer drei von Bach – wie lange hast du daran gearbeitet?«

»Die ist für einen Wettbewerb. Daran arbeite ich seit dem Herbst. Aber manchmal patze ich immer noch.« Die Zuhörer lachen wieder. »Bei diesem Teil hier mache ich immer noch Fehler«, sagt er, und dann spielt er ein, zwei Minuten lang. Ich höre keinen Fehler.

Die Zuhörer hören auch keinen und johlen und klatschen wieder.

Dann fragt der Moderator Daniel, ob er eine Freundin hat, was ich ziemlich neugierig finde, aber Daniel macht es anscheinend nichts aus.

»Ja, sie heißt Kelly«, sagt er.

»Und stört es Kelly, dass du so viel Zeit mit Üben verbringst, anstatt mit ihr ins Kino zu gehen?«

Mom öffnet die Autotür und schiebt sich auf ihren Sitz. Sie setzt den Beutel mit den Lebensmitteln genau in dem Moment neben meinen Füßen ab, als Daniel sagt, Kelly versteht, dass man Opfer bringen muss, wenn man sein Cello so liebt wie er. Außerdem spielt Kelly Oboe und übt mehr als er. Das bringt die Zuhörer wieder zum Lachen, und dann fängt Daniel an, das nächste Stück zu spielen.

»Wunderschön«, sagt Mom. »Es klingt so leicht, wie er spielt, findest du nicht?«

Doch. Es klingt, als ob die Noten ganz von allein von den Cellosaiten in die Höhe fliegen. Es ist schwer zu glauben, dass ein Junge mit Hausaufgaben und einer Freundin so einen Klang hervorbringen kann. Wer hätte gedacht, dass man vier Stunden täglich arbeiten muss, um etwas so leicht klingen zu lassen?

»Was hältst du davon, wenn wir noch ein paar Minuten durch die Gegend fahren, damit wir den Rest hören können?«, fragt Mom. »Die Windbeutel können warten.«

Ich nicke, und als wir um die Ecke biegen, kippt der Beutel mit den Lebensmitteln um und eine Tüte Kartoffelchips rutscht raus.

»Schnurps leise«, sagt Mom.

Tonartwechsel

Ich schmeiße das Ganze doch nicht hin.

Stattdessen werde ich jeden Tag vier Stunden üben. Ich werde früh aufstehen und üben. Ich werde nach der Schule sofort nach Hause gehen und üben. Ich werde abends lange aufbleiben und üben.

Ich werde beim Orgelwettbewerb mitspielen, und die Leute werden johlen und klatschen und trampeln, bis die Jury ihnen sagt, dass sie sich beruhigen sollen.

Und nachdem ich gespielt habe, werden Leute vom Radio zu mir kommen, um mich zu interviewen und zu fragen, wie viel ich übe und wie ich es geschafft habe, in so kurzer Zeit so gut zu werden, und ob ich einen Freund habe. Und ich gebe ihnen witzige Antworten, und sie bitten mich, noch einmal *Forever in Blue Jeans* zu spielen, was ich tue.

Und irgendwann, Wochen später, fährt meine Mutter durch die Gegend und hört den Klassik-Sender, und es läuft mein Interview und meine Mutter fährt einfach an ihrem Büro vorbei, damit sie mir weiter zuhören kann.

Was ich mache

1. Aufstehen
2. Frühstücken
3. Zur Schule gehen
4. Schulkram machen
5. Nach Hause kommen
6. *Forever in Blue Jeans* üben
7. Essen
8. Hausaufgaben machen
9. *Forever in Blue Jeans* üben
10. Zu Bett gehen
11. Das Ganze noch mal und noch mal und noch mal

Abendessen

Obwohl Mom zu Hause ist, bleibt Wheeler zum Spaghetti-Essen. Also stelle ich noch einen Teller auf den Tisch.

»War das dein Stück fürs Wettorgeln, das du gespielt hast, als ich zur Tür reinkam?«, fragt Mom.

»Für den Orgelwettbewerb«, sage ich. »Hmm.«

»Und wann ist dieser Orgelwettbewerb?«

»In zwei Wochen«, sage ich. »Einen Tag nach meinem Geburtstag. Du fährst mich doch immer noch hin, oder?«

Mom nickt und notiert sich den Tag in ihrem Kalender im Kopf. Ob sie sich wohl auch meinen Geburtstag im Kopf notiert? Oder stand er mit all ihren Besprechungen, Terminen und Präsentationen schon drin?

Dann sieht sie Wheeler an. »Und du bist der Junge, der mein Abendbrot isst, wenn ich nicht da bin?«

Wheeler nickt.

»Ich konnte ihn nicht gehen lassen«, sagt Dad. »Er ist Miterfinder der Umwerfenden Ahorntorte, die heute *Chez Nous* ihren ersten Auftritt erlebt.«

»Erster Auftritt?«, sagt Mom. »Die Hälfte ist doch schon weg!«

»Wir haben Hugh etwas abgegeben«, sagt Wheeler.

»Und wir mussten sie erst probieren«, sagt Dad.

Die Umwerfende Ahorntorte ist wirklich umwerfend. Ich erwische Mom beim Naschen.

»Die ist gut«, sagt sie. »Ich werde das Geld, das ich dir für deine Kurse an der Fern-Uni gebe, verdoppeln müssen, wenn unsere Investition solchen Gewinn bringt.«

Dad grinst.

»Wissen Sie was?«, sagt Wheeler. »Wir sollten die Torte verkaufen.«

»Es ist doch nur noch die Hälfte übrig, Wheeler«, sagt Dad. »Und sie ist schief. Wer kauft denn eine halbe Torte?«

»Ich meine ganze Torten«, sagt Wheeler. »Wir können sie backen und an Restaurants und Supermärkte verkaufen.« Wheeler fuchtelt mit seiner Gabel in der Luft herum. »Oh! Und an den Imbiss im Bowling-Center! Die Leute dort zahlen viel Geld für Sachen, die wie richtiges Essen schmecken. Und wir kaufen uns einen eigenen Lieferwagen mit unserem Firmennamen an der Seite, vielleicht *Tortenmobil* oder *Tortenkönig* oder so was Ähnliches, und wir werden so berühmt, dass die kleinen Kinder aus den Häusern laufen, wenn sie unseren Wagen sehen, als ob der Eiswagen kommt, und wir verkaufen ihnen Tortenstücke für einen Vierteldollar, und wenn sie keinen Vierteldollar haben, schenken wir ihnen manchmal auch einfach ein Stück, weil wir Millionäre sind.«

So habe ich Wheeler noch nie gesehen, mit funkelnden Augen und breitem Grinsen.

»Hört euch den Jungen an!«, lacht Mom. »Total aufgeregt wegen eines verrückten Traums.«

»Was ist denn so verrückt daran?«, frage ich, und dann weiß ich es natürlich.

Wheeler ist noch ein Kind. Er kann nicht durch ganz Eastside fahren. Er kann Fremden nichts verkaufen. Er kann nicht mit Restaurant- und Imbissbudenbesitzern über Torten verhandeln.

Und mein Vater auch nicht.

Mittagessen

Der Monat, in dem die Pfadfinder Plätzchen verkaufen, ist rum, und in der Cafeteria sind wieder Plätze frei, aber als ich mich setzen will, ruft mich Wheeler Diggs an seinen Tisch.

»Komm zu uns, Zsa Zsa«, sagt er.

Und ich setze mich. Ich sitze da und Colton, Henry und Danny fragen mich, ob ich Kekse dabeihabe, und ich sage Nein, aber ich hätte eine Schuhschachtel voll Mini-Eclairs.

»Was ist das denn?«, fragt Wheeler.

Was ist das denn? Wheeler fragt mich, was das ist? *Das muss er doch wissen, er hat sie doch selber gemacht!*, denke ich, und als ich es sagen will, sehe ich diesen Blick in seinen Augen. Diesen Bitte-sag-den-Typen-nicht-dass-ich-jeden-Tag-in-deinem-Haus-eine-Schürze-anhabe-Blick.

Stattdessen nehme ich den Deckel von der Schuhschachtel und lasse alle selbst herausfinden, was Eclairs sind.

»Danke«, sagt Colton. Er sagt es ganz höflich und mit einem kleinen Lächeln. Und er trägt ein neues Hemd. Und seine Haare sind gekämmt. Hab ich irgendwas verpasst? Werden wir heute fotografiert?

Nein, alle anderen haben die gleichen verlotterten Klamotten an wie sonst.

»Ja«, sagt Henry. Dann schluckt er einen riesigen Mundvoll Luft, damit er mir ein anständiges Dankeschön zurülpsen kann.

»Und die Temperatur der Erde steigt wieder um fünf Grad«, sagt Wheeler.

»Hä?«, sagt Henry.

»Hast du deine Hausaufgaben nicht gemacht, du Ferkel?«, fragt Wheeler.

Wir nehmen gerade die Erderwärmung durch. In unserem Buch steht, dass Kühe Methangas ausstoßen und Wissenschaftler glauben, dass sich dadurch eine Gasdecke um die Welt bildet und alles erwärmt. Was Wheeler Henry gerade erklärt.

»Willst du damit sagen, dass ich wie eine Kuh rülpse?«, fragt Henry.

»Ja«, sagt Wheeler.

»Cool.«

»Ich dachte, es wären Kuhfürze«, sagt Danny.

»Im Buch steht was von Rülpsern«, sagt Wheeler.

»Termitenfürze sind schlimmer als Kuhfürze oder -rülpser«, sage ich. Das habe ich gelernt, als mein Vater den Kurs »Mit Käfern Mäuse machen« belegte. Es gab ein ganzes Kapitel mit faszinierenden Fakten über Käfer und wieso man sie bekämpfen soll. Termiten zerbeißen ganze Häuser, aber sie können sie nicht so gut verdauen, und deshalb furzen sie ständig Holzgas und geben mehr Methan ab als Kühe.

»Steht das in unserem Buch?«, fragt Danny, der sich plötzlich sehr für Natur und Technik interessiert.

»Nein«, sage ich.

»Woher weißt du es dann?«

Ich will ihnen nichts von »Mit Käfern Mäuse machen« erzählen.

Denn wenn sie mich fragen würden, ob mein Vater für seinen Beruf Käfer tötet, würde ich Nein sagen müssen, und dann würden sie mich fragen, was er sonst macht, und ich müsste ihnen sagen, dass er den ganzen Tag lang zu Hause sitzt und Diplome erwirbt, mit denen er nichts anfangen kann.

»Weil sie schlau ist, Idiot«, sagt Wheeler. »Sie hat sich das Hirn nicht versaut, indem sie nur rumhockt und ihre eigenen Dämpfe einatmet.« Danke, Wheeler.

Und dann sagt Colton: »Genau.«

Und dann klingelt es.

Und dann nimmt Colton meinen leeren Schuhkarton und wirft ihn für mich in die Recycling-Tonne.

»Bis gleich in Natur und Technik«, sagt er.

Hin und weg

Wheeler und ich kommen ins Haus, als Hugh gerade seinen Kaffee austrinkt. »Denken Sie drüber nach!«, sagt Hugh zu meinem Vater.

»Ja, gut«, sagt Dad. »Ja. Ich denk drüber nach.«

»Tschüs, Wheeler«, sagt Hugh. »Tschüs, Zoe.«

»Worüber sollen Sie nachdenken?«, fragt Wheeler.

Ich öffne den Kühlschrank. Gleich kommt Miss Person. Es ist unsere letzte Stunde vor dem Orgelwettbewerb am Wochenende, und ich will, dass alles perfekt ist.

Der Kühlschrank ist vollgestopft mit Eiern und Schlagsahne und all dem anderen Zeug, das mein Vater für seinen »Backe backe Kuchen, der Geldsack hat gerufen«-Kurs braucht.

»Der Kasten mit dem Gingerale steht im Keller. Ich musste hier etwas Platz schaffen«, sagt Dad. »Auf dem untersten Brett des Klopapierregals.«

Ich hole für Miss Person ein Gingerale, während Wheeler und Dad über das reden, worüber Dad nachdenken soll.

»Echt – das sollten Sie unbedingt machen«, sagt Wheeler, als ich raufkomme.

Das Gingerale ist warm. Miss Person wird extra viel Eis brauchen. Dad lagert seit neuestem Mehl im Gefrierfach. »Wie die Fachleute.« Also muss ich vier Tüten Kuchenmehl beiseiteschieben, um das Eis zu finden.

Mein Vater wechselt das Thema. »Ist irgendwas Interessantes in der Schule passiert?«

»Ihre Tochter hat einen Freund«, sagt Wheeler.

Ich lasse das Eis fallen. »Was?«

»Colton Shell ist hin und weg«, sagt Wheeler.

»Hin und weg?«, fragt Dad.

»Hin und weg«, sagt Wheeler.

»Soso«, sagt Dad. »Soso.«

»Er ist nicht hin und weg«, sage ich. Ich weiß nicht genau, was er mit *hin und weg* meint, aber es klingt okay. So, als ob es mir nichts ausmachen würde, wenn Colton Shell hin und weg wäre. Als ob ich es eigentlich ganz gut fände, wenn jemand wegen mir hin und weg wäre.

»Doch«, sagt Wheeler. »Er hat extra wegen ihr ein neues Hemd angezogen. Und mittags ihren Müll weggeworfen.«

»Abfallbeseitigung ist ein eindeutiges Zeichen fürs Hin-und-weg-Sein«, sagt Dad.

Hin und weg. Colton Shell. Ich bekomme eine Gänsehaut.

»Mach den Gefrierschrank zu, Miss Hin-und-weg«, sagt Dad.

Vielleicht habe ich nur gefroren.

Ich versuche es noch einmal. Ich sage mir die Worte im Kopf vor: *Colton Shell ist wegen mir hin und weg.* Wieder Gänsehaut. Und mein Bauch verknotet sich. Auf eine angenehme Art. Und ich höre ein süßes Läuten, wie Kirchenglocken oder ...

»Es klingelt«, sagt Wheeler.

Es klingelt?

»Mach auf, Goober«, sagt er.

Ach ja. Aufmachen. Miss Person. Was will die denn hier?
Ach ja. Meine Stunde.

Wie meine Stunde verläuft

Perfekt.

Rechte Hand. Perfekt.

Linke Hand. Perfekt.

Pedale. Perfekt.

Rock-Beat Nummer 3. Perfekt.

Perfekt.

Perfekt.

Perfekt.

»Händels Halleluja«, sagt Mabelline Person.

Auf dem Weg zur Tür gibt sie mir ein Informationsblatt über den Orgelwettbewerb, auf dem die Regeln stehen und Sachen über die Anmeldung und Parkmöglichkeiten und Tipps, wie man hinkommt, und ganz unten aufs Blatt hat jemand mit lila Tinte *Bis bald!* geschrieben.

»Das hast du großartig gemacht, meine Kleine«, sagt Miss Person. »Ich weiß nicht, was heute mit dir passiert ist, aber sieh zu, dass es am Wochenende wieder passiert.«

Colton Shell, denke ich.

Noch mal Gänsehaut.

Der nächste Tag

Emma Dent sagt, dass Lily Parker sagt, dass Sally Marvin gehört hat, wie jemand Danny Polzdorfer verraten hat, dass Colton Shell mich mag.

Und sie sagt, wenn ich will, verrät sie Colton Shell, dass morgen mein Geburtstag ist, was sie noch weiß, weil ich früher mal ihre beste Freundin war. Und sie fragt, wieso ich keine Geburtstagsparty mache, und wenn doch, wieso sie dann nicht eingeladen ist. Und wenn ich will, kann ich beim Mittagessen an ihrem Tisch sitzen.

Und ich frage sie, wo Joella Tinstella ist.

Joella Tinstella ist heute krank, sagt sie.

Ich sage: »Danke, aber ich habe schon einen Platz.« *An Wheelers Tisch,* denke ich.

Und sie sagt: »An Coltons Tisch.«

Und ich sage: »Ja.«

Mein Freund

Den ganzen Nachmittag lang nennt Wheeler Colton Shell meinen Freund. Aber mit extra Betonung: *Freund.*

In der Pause sagt er: »Dein *Freund* hat heute wieder ein neues Hemd angezogen.«

Nach Natur und Technik sagt er: »Für so einen Knirps isst dein *Freund* aber eine Menge Kroketten.«

»Schade, dass dein *Freund* für seinen Test nicht gelernt hat«, sagt er im Bus.

»Er ist nicht mein Freund«, sage ich.

Aber ich werde rot, und Wheeler nennt ihn wieder meinen Freund, und dann sitzen wir lange stumm da, bis der Bus an meiner Haltestelle stehen bleibt und ich aussteige. Wheeler steigt auch aus und sagt, ich soll meinem Vater ausrichten, dass er ihn morgen besucht, und ich stehe nur da und beobachte, wie Wheeler an meinem Haus vorbeigeht und die Teichrohrsänger-Allee überquert. Vor dem Eckhaus steckt ein Plastikstorch im Rasen, an dessen Schnabel ein Luftballon befestigt ist. Auf dem Luftballon steht: »Es ist ein Junge!« Und als Wheeler vorbeigeht, boxt er den Storch in den Bauch.

Wo ist Wheeler?

Heute Morgen ist Wheeler nicht im Bus.

Und er ist auch nicht im Unterricht.

Wheeler schwänzt die Schule. An meinem Geburtstag.

Vielleicht ist er krank wie Joella Tinstella.

Krank. An meinem Geburtstag.

Kurz vor der Mittagspause will Mrs Trimble, dass jeder von uns einen Partner auswählt, mit dem er am Nachmittag um die Wette buchstabieren kann. Emma fragt, ob ich ihre Partnerin sein möchte. Der Einzige, der noch keinen Partner hat, ist Colton Shell, was mich total nervös macht. Ich sage, okay, aber nur, wenn wir beim Mittagessen üben können, und sie sagt okay, was bedeutet, dass ich eine Ausrede habe, nicht an Coltons Tisch sitzen zu müssen. Was gut ist.

Dialog

Emma und ich sitzen in einer Ecke der Cafeteria, um für den Buchstabier-Wettbewerb zu üben.

»Dialog«, sage ich.

»Dialog?«, fragt Emma. »Kannst du mit dem Wort mal einen Satz bilden?«

»Unser Dialog wurde von einem gut aussehenden Fremden unterbrochen, bevor du die Gelegenheit hattest, mir alles Gute zum Geburtstag zu wünschen«, sage ich.

»Dialog«, sagt Emma. »Die-a-log.«

»Dialog«, wiederhole ich.

»D ... I ... A ...«

»Hey.« Es ist Colton Shell.

»Hey«, sagt Emma. Sie hält den Kopf schief. Damit sie durch ihre Wimpern zu ihm aufschauen kann. Das ist ihr Ich-bin-ja-so-hübsch-Blick. Als wir noch beste Freundinnen waren, habe ich beobachtet, wie sie ihn vor dem Spiegel geübt hat.

Ich überlege, ob ich ihn auch durch die Wimpern anschauen soll, aber es sähe bestimmt ziemlich blöd aus, wenn wir jetzt beide die Köpfe schief legen. So, als ob ich Emma nachmachen würde. Als ob ich von ihr Mädchen-Benimm-Unterricht oder so was bekommen würde. Was ich wahrscheinlich gebrauchen könnte.

»Buchstabiert ihr?«, fragt Colton.

»Ja, wir buchstabieren«, sagt Emma.

Vielleicht sollte ich versuchen, meinen Kopf in die andere Richtung zu legen. Ich könnte ihn immer noch durch meine Wimpern anschauen, aber ich würde nicht genau wie Emma aussehen. Nicht haargenau.

»Ich hasse Buchstabieren«, sagt Colton.

»Ich auch«, sagt Emma. »Buchstabieren ist doof.«

»Stimmt«, sagt Colton. »Buchstabieren ist doof.«

Vielleicht sollte ich meinen Kopf ein kleines bisschen schief legen. Nicht so schief wie Emma. Nicht wie ein Hündchen oder was. Nur ein bisschen.

»Ist mit deinem Hals alles okay?«, fragt mich Colton.

Ich nicke.

»Übrigens – alles Gute zum Geburtstag«, sagt Colton und reicht mir einen gelben Umschlag. »Da ist eine Karte drin.«

»Danke«, sage ich.

»Okay«, sagt Colton. Dann geht er wieder zu seinem Tisch.

»Oh, Mann!«, sagt Emma Dent. »Oh, Mann! Er mag dich total. Hast du gesehen, wie rot er geworden ist? Und wie er dir alles Gute gewünscht hat? Oh, Mann! Er ist sooooooooo süß! Du hast soooooooo ein Glück! Lily Parker mag Colton nämlich auch. Sie hat gestern erst beschlossen, dass sie ihn mag, und er hat dich ja schon vorher gemocht, aber sie war nicht sicher, ob das stimmt. Sie hat gemeint, dass es vielleicht bloß ein Gerücht ist, weil sie total sicher war, dass Colton sie mehr mag als dich, aber das stimmt nicht. Er mag *dich*. Willst du die Karte nicht anschauen? Ich kann es gar nicht erwarten zu sehen, was draufsteht!«

Ich schon. Ich kann lange warten. Mindestens bis nach dem

Mittagessen. Mindestens bis Emma Dent sich nicht mehr über meine Schulter beugt und sich jedes Wort einprägt, damit sie es Lily Parker und allen anderen weitersagen kann. Ich lege die Karte in mein Rechtschreibbuch.

»Wir müssen üben«, erinnere ich sie. »Dialog.«

»Von mir aus«, sagt Emma. »Dialog.«

Die Küche ist geschlossen

Ich spiele *Forever in Blue Jeans* und
ich spiele *Forever in Blue Jeans* und
ich spiele *Forever in Blue Jeans.*

Ich spiele immer weiter, weil es nichts anderes zu tun gibt, denn mein Vater hat gesagt, dass ich nicht in die Küche darf. Nicht einmal, um ein Gingerale zu holen. Nicht einmal, um sie zu durchqueren, um aufs Klo zu gehen. Nicht einmal, um Wheeler zu fragen, wieso er heute nicht in der Schule war.

Ich darf nicht in die Küche, weil Dad und Wheeler meine Geburtstagstorte backen, die, wie ich weiß, eher eine Hochzeitstorte ist, weil Dad für seinen »Backe backe Kuchen, der Geldsack hat gerufen«-Kurs eine machen muss. Also bekomme ich statt einer gekauften Torte mit Pudding in der Mitte eine dreistöckige Geburtstagstorte mit einem Baldachin obendrauf.

Was viel, viel besser ist als eine Puddingtorte aus einer Schachtel.

Oder eine Supermarkttorte in Form eines Schuhs.

Der Text

In meinem Heft *Hits der Siebziger* für die Perfectone D-60 stehen Noten und Hinweise wie *crescendo* (lauter werden) und *pianissimo* (sehr leise spielen), aber kein Text. Es ist ziemlich einfach, sich vorzustellen, an welcher Stelle Neil Diamond *Forever in Blue Jeans* singt, einfach von der Melodie her, aber ich kenne den Rest des Texts nicht.

Während ich spiele, singe ich also:

»LA die da
da-DA-die-DA-die DA-da
LA die da
LA da-DA-da-DA-da-da
LA die da
da LA da die da
Forever in Blue Jeans.«

Genau so.

»Deine Torte ist fast fertig«, ruft Dad aus der Küche. »Nur noch ein paar Minuten.«

Ich drücke den Rock-Beat-Schalter Nummer drei.

Ich zähle.

Einsundzweiunddreiundvierund
Bamm

Bamm
Bamm
Bamm machen die Pedale.

Es ist irgendwie traurig, dass es keinen Text dazu gibt.

Einsundzweiunddreiundvierund
Bamm
Bamm
Bamm
Bamm

»Tortenfest,
wenn Dad mich endlich in die
Küche lässt.

Wenn er und Wheeler damit fertig sind,
Torte fürs Wunderkind.
Forever in Blue Jeans.«

Bamm
Bamm
Bamm
Bamm

»Wenn ich spiel,
dann wird Mom weinen,
denn ich habe Stil.

Ich soll Konzerte geben
Überall,

auch in der Carnegie Hall.
Forever in Blue Jeans.«

Das Telefon läutet gerade, als ich an die Stelle komme, die in den *Hits der Siebziger* Bridge genannt wird. Hier lässt mich Miss Person immer den Oboen- und Fagottschalter drücken, damit dieser Zwischenteil des Songs ernst klingt.

Ich singe weiter, während Dad ans Telefon geht.

»Und ich gewinn
Und ich gewinn den Pokal oder zwei oder drei.
Alle sind stolz und sie fragen sich:
›Horowitz? Wer soll das sein?‹«

Bamm
  Bamm
    Bamm
      Bamm

»Schätzchen?«, ruft Dad. »Du kannst jetzt reinkommen!«

Meine Torte ist wunderschön.

Die unterste Lage ist mit rosa, orangefarbenen und gelben Rosen bedeckt. Der Rand ist mit silbrig grünen Blättern verziert, und Kletterrosen winden sich die dicken Säulen hinauf, die die anderen Lagen stützen.

»Wir hatten keine richtigen Säulen«, sagt Wheeler. »Da hat

dein Vater einfach ein paar Klopapierrollen mit Zuckerguss überzogen.«

Auf der zweiten Lage ist ein Teich. Er ist silbrig und eine kleine Holzbrücke führt darüber und daneben sind Bäume und Blumen und eine Bank, auf der ein kleiner Tortenmensch sitzen und angeln oder Zeitung lesen könnte.

Aber am allerbesten ist die dritte Lage. Statt eines Baldachins und eines Brautpaars aus Plastik steht ein Konzertflügel obendrauf.

»Ich habe ihn aus Mars-Pan gemacht«, sagt Wheeler.

»Marzipan«, sagt Dad.

»Die Tasten sind ein bisschen dick, und ein Bein ist zu kurz«, sagt Wheeler. »Du kannst ihn essen, wenn du willst.« Aber als ich ihm sage, dass ich den Flügel nicht essen, sondern aufbewahren will, lächelt er. Jetzt weiß ich, warum Wheeler nicht in der Schule war. Er war den ganzen Tag hier. Er hat mir zum Geburtstag einen Flügel gebastelt.

»Er ist perfekt«, sage ich zu Wheeler.

»Er ist schief.«

»Er ist auf eine schiefe Art perfekt«, sage ich.

»So«, sagt Dad. »Wer will das erste Stück Torte?«

»Sollten wir nicht auf Mom warten, bevor wir sie anschneiden?«, frage ich.

»Äh«, sagt Dad. »Äh – nein. Das war eben deine Mutter am Telefon. Im Büro gibt es Probleme. Ein Notfall in der Buchhaltung. Sie muss länger bleiben und ...«

»Und?«, frage ich. Dabei weiß ich es schon. Mom muss auch am Wochenende arbeiten. Was bedeutet ...

»Äh«, sagt Dad.

»Sie kann mich nicht zum Orgelwettbewerb fahren«, sage ich.

»Äh«, sagt Dad. »Äh – nein.«

Was Dad sagt

Wer braucht schon einen Orgelwettbewerb?

Wer braucht so was?

Die Konkurrenz?

Den Druck?

Wer braucht schon eine Jury, die einem sagt, dass man Talent hat?

Du weißt doch selber, dass du Talent hast.

Ich weiß, dass du Talent hast.

Wheeler weiß, dass du Talent hast.

Ich weiß, was wir machen. Wir machen unseren eigenen Orgelwettbewerb! Hier zu Hause! Wir ziehen uns schick an, stellen Kerzen auf und gießen Gingerale in Sektgläser. Es gibt Horsd'œuvres und ich könnte Programme drucken. Das habe ich in meinem »Party-Smartie«-Kurs gelernt.

Das würde dir doch gefallen, oder?

Programme?

Und Gingerale?

Nur wir drei?

Was braucht man mehr?

Was ich sage

Ich *brauche* mehr.

Und dann

Ich stoße mit meinem Stuhl so heftig gegen den Tisch, dass die Lagen meiner Geburtstagstorte wackeln. Das passiert eben, wenn man keine richtigen Säulen hat und das Dings auf blöden gezuckerten Klopapierrollen balanciert, weil man viel zu durchgeknallt ist, um in sein blödes Auto zu steigen und zu einem Laden für Backutensilien zu fahren, wo man richtige Säulen kaufen kann wie ein normaler Mensch.

Was Dad ohnehin nicht tun müsste, wenn er einen richtigen Backkurs in einer richtigen Schule machen könnte, wie normale Menschen. Die nämlich nicht total ausflippen bei dem Gedanken, dass echte, lebendige Leute neben ihnen sitzen könnten und dass es vielleicht einen echten Lehrer und sogar eine Abschlussfeier geben könnte, bei der ein echter Mensch ihnen ein echtes zusammengerolltes Diplom überreichen könnte, statt dass sie ein zum Einrahmen geeignetes Diplom hinten aus einem Buch herausreißen müssen.

Was nutzt einem überhaupt ein blödes gerahmtes Diplom darüber, dass man Tiefseetauchen, Fliegen, Partys planen oder Backen gelernt hat, wenn man nie in die Welt hinausgeht und taucht, fliegt, Partys feiert oder für irgendjemanden bäckt?

Und all das sage ich auch. Dann frage ich: »Was nutzt es mir, mich unheimlich anzustrengen, um auf der blöden Perfectone D-60 spielen zu lernen, wenn mir nie jemand zuhört?«

Und Dad sagt: »Ich höre dir zu.«

Und ich sage: »Das zählt nicht.«

Wegbeschreibung

Ich verstecke mich in meinem Zimmer und höre eine von Moms Horowitz-CDs. Laut.

Jemand klopft an die Tür.

»Hau ab!«, brülle ich.

Es ist Wheeler. »Ich hab Torte dabei, Goober«, sagt er.

Ich lasse ihn rein.

»Es heißt Zsa Zsa«, sage ich.

Dann essen wir Torte.

Und als wir fertig sind, geht Wheeler in die Küche und holt für jeden von uns ein zweites Stück, das wir dann auch noch essen.

Wheeler stellt meinen CD-Player aus. »Er fährt dich«, sagt er.

»Er wird es versuchen, aber es wird nicht klappen. Er wird immer nervös und wir verfahren uns, und dann landen wir wieder hier.« Meine Stimme bricht und Wheeler denkt, ich hätte mich an der Torte verschluckt. Also holt er jedem von uns ein Glas Milch.

Das wir trinken.

»Ich war gemein zu ihm«, sage ich. »Es ist ja nicht seine Schuld. Er kann das eben einfach nicht.«

»Er kann es«, sagt Wheeler.

»Er kann es nicht! Es ist so, als ob er es körperlich nicht schafft. Das ist wie ...« Ich versuche, mir irgendetwas einfallen zu lassen, das Wheeler nicht kann, damit er mich versteht. »Das ist so, als ob du mit dem Kopf nach unten hängst und rülpsen möchtest. Aber du schaffst es nicht. Dein Körper lässt es einfach nicht zu. So ist das für ihn.«

»Er fährt dich«, sagt Wheeler.

Wir sitzen eine Weile da und schieben mit den Fingern Tortenkrümel auf den Tellern herum.

»Du warst ganz schön wütend vorhin«, sagt Wheeler.

»Und du warst gestern ganz schön wütend«, sage ich.

»Gar nicht.«

»Du hast einen Vogel geboxt.«

»Einen Plastikvogel«, sagt er. Er schiebt die Hände in seine Jackentaschen.

»Ich dachte, du würdest vielleicht nie mehr zu uns kommen«, sage ich.

»Du hättest dir doch denken können, dass ich deinen Geburtstag nicht verpasse, Goober.«

»Ich hätte mir denken können, dass du die Torte nicht verpasst.«

Wheeler lacht, und eine Sekunde lang habe ich das Gefühl, dass alles okay ist, und dann hören wir Dad in der Küche, der mit sich selber redet.

»Die Autobahn 94 bis zur Ausfahrt Huron. Links abbiegen. Sieben Meilen in nördlicher Richtung, am Einkaufszentrum Birch Valley vorbei. Rechts ab in die Bixby Road. Dann links in die Erie Road.«

Dann sagt er es noch einmal.

Und noch einmal.

Und noch einmal.

Es ist die Wegbeschreibung, wie man zum Orgelwettbewerb kommt.

Mit dem Schlimmsten rechnen

Wheeler steht auf.

»Los, komm!«, sagt er, aber ich rühre mich nicht vom Fleck.

»Los, komm!«, sagt er wieder, packt mich an den Händen, zieht mich hoch, aus meinem Zimmer, in die Küche und auf einen Stuhl. Er setzt sich neben mich.

Dad sitzt neben Wheeler. Er hat das Informationsblatt für den Orgelwettbewerb in der Hand und rollt es zu einer Röhre zusammen. Dann rollt er es wieder auseinander, legt es flach auf den Tisch, rollt es wieder zu einer Röhre und legt es wieder flach auf den Tisch.

»Wo ist Ihr Handy?«, fragt Wheeler, und Dad gibt es ihm.

»Und die *Gelben Seiten?*« Dad holt ihm das Branchenverzeichnis.

Wheeler schiebt die Ärmel seiner Jeansjacke hoch. »Okay«, sagt er. »Was ist das Schlimmste, das passieren kann?«

»Wir könnten uns verfahren«, sagt Dad.

Wheeler gibt die Telefonnummer von Martys Eastside-Abschleppdienst ein. »Für Marty brauchen Sie jetzt nur noch die Kurzwahlnummer eins zu wählen«, sagt er.

»Wir könnten in ein Unwetter geraten«, sagt Dad.

Wheeler sucht die Nummer für den Wetterdienst heraus. »Kurzwahlnummer zwei.«

»Ein verrückter Lastwagenfahrer könnte uns von der Straße abdrängen«, sagt Dad.

»Verkehrspolizei, Kurzwahlnummer drei.«

»Das Benzin könnte uns ausgehen, oder wir könnten einen Platten bekommen ...«

»Marty wählen«, sagt Wheeler. »Sonst noch was?«

»Wir könnten uns verspäten und das Hotel könnte unsere Reservierung streichen«, sagt Dad.

»Hotel Birch Valley, Nummer vier.«

»Mir könnte das Geld ausgehen.«

»Michigan Independent Bank, Nummer fünf.«

»Wir ... wir könnten wahnsinnigen Hunger bekommen«, sagt Dad.

Das ist lächerlich. »Oder es könnten Affen vom Himmel fallen«, sage ich.

Wheeler blättert im Telefonbuch. »Hamburger-Grill, Kurzwahlnummer sechs. Zoo von Detroit, Nummer sieben«, sagt er.

Dad lacht. »Meinst du, der Zoo kümmert sich um fliegende Affen?«

»Ich gebe noch die Nummer des Tierschutzvereins ein – für alle Fälle«, sagt Wheeler. »Nummer acht.«

»Tsunami«, sage ich.

»Arnolds Rettungsschwimmer-Vermietung, Nummer neun.«

»Invasion von Außerirdischen«, sagt Dad.

»Schädlingsbekämpfung, Nummer zehn.«

»Wir könnten vergessen, welche Kurzwahlnummer wofür ist«, sage ich.

»Merkt euch einfach die Nummer elf. Das bin ich. Ich merke mir den Rest«, sagt Wheeler.

Rums

Rums.

Rums.

Rums.

Rums rums rums rums rums rums rums rums rums rums.

Dad zieht einen riesigen Rollkoffer die Kellertreppe hoch.

Ich erinnere ihn daran, dass er nur für eine Nacht packen muss.

Rums.

»Man kann nie wissen, was man alles braucht«, sagt Dad.

Ich verdrehe die Augen, aber Dad sieht es nicht, weil er schon den halben Flur entlanggerollt ist. Die Räder des Koffers klicken auf dem Linoleum.

»Ich muss gehen«, sagt Wheeler.

Ich nicke.

»Er fährt dich«, sagt Wheeler.

Ich nicke wieder.

»Was ist los mit dir?«

»Mom kann nicht mitkommen«, sage ich.

»Na und?«, sagt Wheeler.

»Es ist *wichtig*«, sage ich. »Sie sollte doch mitkommen. Sie sollte mich doch spielen hören!«

»Sie hat dich spielen gehört«, sagt Wheeler. »Zumindest ein paar Mal.«

»Sie hat meinen Geburtstag verpasst«, sage ich. »Meinen elften

Geburtstag! Wie viele deiner Geburtstage hat deine Mutter verpasst?«

»Alle außer dem ersten«, sagt er.

Und obwohl er sein schiefes Lächeln lächelt und »Viel Glück, Goober« und »Denk dran, Nummer elf« sagt, fühlt es sich an, als ob er mich in den Bauch geboxt hätte.

Meine Karte

Es ist dunkel.

Ich liege im Bett.

Es ist dunkel und ich liege im Bett und versuche, nicht an Wheelers mutterlose Geburtstage zu denken.

Ich kann hören, wie Dad in seinem Zimmer aufsagt, wie man zum Orgelwettbewerb kommt, und gleichzeitig seinen Koffer packt. »Autobahn 94 … Einkaufszentrum Birch Valley … Erie Road …«

Dann höre ich das Rumpeln der Garagentür und Moms Saturn, der in die Garage tuckert, und wie sich die Garagentür schließt.

Klink. Moms Schlüssel am Haken.

Knarrrrrr. Die Schranktür öffnet sich.

Schrapp. Kleiderbügel.

Wieder knarrt es. Die Schranktür wird zugemacht.

Moms Absätze klackern auf dem Linoleum. *Klack, klack, klack.*

Sie geht in die Küche.

Ich wette, sie sieht sich meine Torte an.

Jetzt wird sie gleich in mein Zimmer kommen, mir zum Geburtstag gratulieren und versuchen, alles wiedergutzumachen, indem sie mir irgendwas Langweiliges schenkt. Was ich nicht annehmen werde.

Da kommt sie schon den Flur entlanggeklackert.

An meiner Tür vorbei.

Den Flur entlang zum Schlafzimmer, wo ich sie zu Dad sagen höre, dass er am Morgen fertig packen kann und dass sie einen schweren Tag hatte und jetzt gleich das Licht ausmachen möchte.

Und dann ist alles still.

Kein »Herzlichen Glückwunsch, mein Schatz«.

Kein langweiliges Geschenk.

Nicht einmal eine Karte.

Eine Karte. Moment mal! Ich habe doch heute eine Karte bekommen!

Ich knipse das Licht an und suche mein Rechtschreibbuch. Da ist er ja – Colton Shells gelber Umschlag.

Mir fällt ein, wie er ihn mir gegeben hat. »Da ist eine Karte drin«, hatte er gesagt.

Es war eigentlich ganz nett, wie er das sagte. Aufmerksam. Als ob er nicht wollte, dass ich denke, es ist was anderes. Etwas Unwichtiges wie – ach, ich weiß nicht. Jedenfalls wollte er, dass ich weiß, dass es eine Karte ist. Süß.

Und wahrscheinlich hat er es auch deshalb gesagt, weil Emma Dent dabei war und er mich davor warnen wollte, den Umschlag vor ihr zu öffnen. Er wollte mich wissenlassen, dass es eine Karte ist und dass sie was Besonderes ist und er etwas ganz Persönliches reingeschrieben hat, das nur für meine Augen bestimmt ist. Er dachte, wenn ich nicht wüsste, dass es eine Karte ist, würde ich den Umschlag vielleicht gleich öffnen und dann würde diese neugierige, aufdringliche Tratschtante Emma Dent seine tiefen, ganz privaten Gedanken über seine Gefühle für mich erfahren.

Der Umschlag ist zugeklebt. Also stecke ich meinen Finger in den kleinen Spalt oben am Rand, was den Umschlag ein bisschen aufreißt, aber ich weiß, dass das Colton nichts ausmacht. Solche Sachen versteht er. Colton Shell versteht mich.

Vorn auf der Karte ist ein dickes Nilpferd. Das Nilpferd hält in einer Hand ein Stück Geburtstagstorte und in der anderen eine riesige Gabel. Es hat Clogs an.

Und das steht in der Karte:

Hier bin ich ja –
Hipp, hipp, hurra!
Wie ist das schön!
Denn du wirst zehn!

Colton hat das Wort *zehn* ausgestrichen und *elf* darübergekritzelt und noch einen Haufen Ausrufezeichen dahintergesetzt. So: 11!!!!!!!!!!

Und dann hat er die Karte unterschrieben. *Colton.*

Nicht: *Alles Liebe, Colton.*

Oder *Herzlichen Glückwunsch, Colton.*

Oder *Alles Gute, Colton.*

Nur *Colton.* Und noch ein paar Ausrufezeichen.

Ich hasse Ausrufezeichen.

Vier Träume und ein Anruf

Traum Nummer 1

Ich bin beim Orgelwettbewerb.

Ich spiele *Forever in Blue Jeans.*

Ich trage ein Diadem und spiele *Forever in Blue Jeans* und bin perfekt.

Traum Nummer 2

Ich bin beim Orgelwettbewerb.

Ich spiele *Forever in Blue Jeans.*

Ich trage ein Diadem und spiele *Forever in Blue Jeans,* und das Diadem rutscht mir über die Augen und ich kann meine Noten nicht sehen und mache einen Riesenfehler.

Ich mache einen Riesenfehler und alle hören es.

Und dann springt Colton Shell aus der Perfectone D-60 und fängt an zu singen.

Bamm

Bamm

Bamm

Bamm

»Hipp hurra!
Hipp, hipp hurra wie schön
Da bist du ja!

Wie ist das ist das ist das ist das schön!
Denn du bist zehn.
Forever in Blue Jeans.«

Traum Nummer 3

Ich bin beim Orgelwettbewerb und spiele *Forever in Blue Jeans.*

Ich trage ein Diadem und spiele *Forever in Blue Jeans,* aber die Jury kann mich nicht hören, weil Colton Shell singt und Emma Dent auf einer Couch sitzt und der Jury erzählt, dass niemand mehr Diademe trägt und wie niedlich Colton Shell ist und was für ein Glück ich habe, dass er mich mag, weil Colton Shell genauso gut Lily Parker mögen könnte, die lieber sterben würde, als sich ein Diadem aufzusetzen.

Die Preisrichter nicken.

Einer davon ist meine Mutter.

Traum Nummer 4

Meine Mutter ist in der Jury des Orgelwettbewerbs.

Ich trage ein Diadem und spiele *Forever in Blue Jeans.*

Ich bin perfekt.

Ich glaube, ich bin perfekt.

Ich bin nicht perfekt.

Meine Mutter zeigt mir ihren Beurteilungsbogen. Er ist voll roter Striche – für jede falsche Note einer.

Und dann klingelt ein Telefon, und alle drehen sich um und im Zuschauerraum sitzt Wladimir Horowitz und zieht ein Handy aus seiner Smokingtasche.

»Hallo?«, sagt er. Er sieht mich an.

»Es ist für dich.«

Wladimir Horowitz macht Fehler

Dass Wladimir Horowitz einer der besten Pianisten aller Zeiten war, kann man daran erkennen, dass es allen Leuten egal war, wenn er patzte. Sie liebten ihn trotzdem.

Einmal spielte mir meine Mutter eine CD von Wladimir Horowitz vor, auf der Fehler waren. Er hatte sich zwölf Jahre zuvor zur Ruhe gesetzt, dann aber gesagt, dass er doch wieder öffentlich auftreten und in der Carnegie Hall ein riesiges Comeback feiern wollte. Die Leute flippten aus wie bei einem Rockstar. Sie campierten vor der Carnegie Hall, um an Karten zu kommen. Vornehme Erwachsene, die zu klassischen Konzerten gehen, standen die ganze Nacht in der Kälte, weil sie Horowitz spielen sehen wollten.

Was ein ganz schöner Druck ist für einen einzelnen Mann.

Und am Tag seines Konzerts tauchte Horowitz erst im letzten Moment auf – nur sechs Minuten vor seinem Auftritt –, und das machte alle nervös. Er war auch nervös, und als er endlich auf der Bühne stand, jubelte das Publikum und dann setzte er sich und es wurde vollkommen still.

Keiner sagte ein Wort.

Alle hielten die Luft an.

Sie warteten.

Dann fing er an zu spielen.

Und dann machte er einen Fehler. Er machte sogar mehrere Fehler.

»Da«, sagte meine Mutter, »und da.«

Ich hätte nicht einmal gemerkt, dass es Fehler waren, wenn meine Mutter es mir nicht gesagt hätte. Aber sie tat es. Und dann sagte sie noch, solche Fehler spielten keine Rolle, weil Horowitz sie gemacht hatte. Bei Horowitz ginge es nicht um Perfektion. Bei ihm ginge es um Freude und Kunst und Musik und das Leben. Und diese Dinge seien nun mal voller Fehler.

»Ich mache auch Fehler«, sagte ich.

»Und wenn du erst mal so gut bist wie Horowitz«, sagte meine Mutter, »spielen deine auch keine Rolle mehr.«

Hotel und Konferenzzentrum Birch Valley

Wir stehen in der Lobby des Hotels und Konferenzzentrums Birch Valley, und mein Vater kann sich nicht mehr von der Stelle rühren.

Vor einer Minute ging das noch gut. Er tanzte Cha-Cha-Cha auf dem Parkplatz und sang lauthals, dass er sich kein einziges Mal verfahren hätte und dass Wheeler Diggs die Nummer des Birch-Valley-Anzeigers als Kurzwahl hätte eingeben sollen, weil das eine Neuigkeit war, die sie unbedingt auf der Titelseite bringen müssten.

Dann betraten wir die Lobby.

Und Dad erstarrte.

Die Lobby des Hotels und Konferenzzentrums Birch Valley hat eine hohe gewölbte Decke und einen Fußboden, der wie Marmor aussieht, und alle Geräusche hallen laut wider.

Telefone klingeln.

Fahrstühle machen *ping*.

Kofferkarren rumpeln.

Kinder zerren an Koffern, Kinder reiten auf Koffern, Kinder machen die Reißverschlüsse an Koffern auf und versuchen, andere Kinder hineinzuschubsen. Kinder laufen mit Luftballons durch die Gegend, andere Kinder schreien, dass sie Luftballons haben wollen, und wieder andere Kinder werden angeschrien, weil sie die Luftballons zum Platzen bringen.

Teenies stehen in Grüppchen herum, flüstern und kreischen und dann schauen sie sich um und kreischen weiter.

Eltern sind auch da. Eltern, die anstehen, um sich anzumelden. Eltern in einer Schlange vor den Toiletten. Eltern, die Kinder aus Koffern ziehen.

Leute hetzen um uns herum und zwischen uns durch und schimpfen, dass es jedes Jahr das Gleiche ist und ob sich nicht endlich mal jemand ein besseres System ausdenken kann, um die Päckchen zu verteilen, und dass diese Lindsey unmöglich erst neun Jahre alt sein kann und dass Peter jetzt einen Privatlehrer hat und wo ist eigentlich das Klo und ich schwöre, wenn du noch einmal an dem Gummibaum ziehst, darfst du heute Abend nicht in den Hotelpool, hast du mich verstanden, junger Mann?

Und all die Lichter. Reihenweise Glühbirnen in der Decke und Kronleuchter über der Rezeption. In allen Grünpflanzen hängt gelbe Weihnachtsbeleuchtung, und über Türen sind beleuchtete Schilder, auf denen TOILETTE, FAHRSTUHL und AUSGANG steht.

Am schlimmsten sind die beiden riesigen blauen Scheinwerfer, die durch den Raum streifen. Alle paar Sekunden fahren sie grell über Dads Gesicht.

Und Dad kann sich nicht rühren.

»Dad, alles okay?«, frage ich.

Er sagt nichts. Er beobachtet, wie die Scheinwerfer ihr Ziel erreichen: eine Plattform, die mit rotem Teppichboden ausgelegt ist und auf der die größte Heimorgel steht, die ich je gesehen habe.

»Die M-80«, sagt ein Mann in einem Anzug.

»Hä?«, sagt Dad.

»Eindrucksvoll, was? Die Krönung des Perfectone-Programms. Ein echter Knaller!«

»Dad«, sage ich. »Dad, wir müssen uns anmelden.«

Dad sieht den Mann an. Er hat sich einen Button an den Anzug geheftet. Darauf steht: FRAG MICH NACH EINEM UPGRADE!!

Dad betrachtet den Button. »Was ist ein Upgrade?«, fragt er.

Der Mann lächelt. »Folgen Sie mir!«

Dad folgt ihm.

Ich folge Dad.

Der Upgrade-Mann führt uns am Scheinwerfer vorbei zur Perfectone M-80 auf der Plattform, die von Seilen aus rotem Samt umgeben ist.

»Das darf ich eigentlich gar nicht«, sagt er und sieht sich um. »Die Perfectone M-80 ist ein viel zu kraftvolles Instrument für einen kleinen Raum wie diese Lobby. Wenn wir nicht aufpassen, bringen wir die Glühbirnen zum Zerspringen – und wie stehen wir dann da?«

»Im Dunkeln«, sage ich.

»Hi, hi – du bist ja eine Marke, Kleine«, sagt er. Dann dreht er mir den Rücken zu und fragt Dad, was für ein Orgelmodell ich jetzt habe.

Dad guckt über seine Schulter. »Was hast du jetzt?«

»Kopfschmerzen«, sage ich.

»Du bist echt eine Marke, Kleine. Geh und hol dir einen Ballon!«

»Dad, wir müssen uns anmelden«, sage ich wieder.

Ich folge Dads Blick zum Tisch, wo man sich anmelden soll – oder besser gesagt dahin, wo das Banner hängt, auf dem ANMELDUNG steht. Den Tisch kann man nicht sehen, weil so viele Leute davorstehen: Eltern und Kinder und Luftballons und noch mehr Typen in Anzügen mit Upgrade-Buttons auf der Brust.

Auf der M-80-Plattform steht keiner. Nur ich und Dad und Mr Upgrade. Hier ist es fast friedlich, als ob wir uns auf unserer eigenen kleinen Perfectone-Insel befänden, umgeben von einem Meer voller Haie. Lärmender Haie. Mit Gepäck.

Dad verlässt die Insel nicht.

Miss Person, unsere Rettung

»Hau ab, Merv!«

Miss Person ist da.

»Mabelline«, sagt Mr Upgrade. »Ich habe dem Herrn hier eben von den faszinierenden Eigenschaften der Perfectone M-80 erzählt.«

»Bei Tschaikowskis Börse! Merv, er hat doch im Dezember erst eine D-60 gekauft! Such dir ein anderes Opfer!«

Miss Person strandet am Ufer der M-80-Insel. »Vor Kerlen wie Merv müssen Sie sich hüten«, sagt sie. »Hier wimmelt es nur so von ihnen.«

Sie zieht einen dicken braunen Umschlag aus der Tasche. Mein Name steht in lila Buchstaben vorne drauf. »Ich hab hier das Anmeldepäckchen für dich.«

Dad nickt. Er sieht blass aus. »Ich würde mich gerne setzen«, sagt er. »Irgendwo, wo es still ist.«

Miss Person reicht ihm seinen Zimmerschlüssel. Dann zieht sie einen Filzstift aus der Tasche.

»Hand«, sagt sie.

Dad sieht verwirrt aus.

»Geben Sie mir Ihre Hand.« Sie schreibt *Konferenzraum G – 18.30* in Dads Handfläche.

»Dort können Sie sich treffen«, sagt Miss Person. »Zoe wird um 18 Uhr 30 spielen.«

Dad nickt. »Okay«, sagt er.

»Gehen Sie jetzt in Ihr Zimmer«, sagt sie.

Dad sieht mich an. »Ist das okay, mein Schatz?«

»Sie schafft das schon«, sagt Miss Person.

»Ich werde kommen und zusehen, mein Schatz«, sagt Dad zu mir.

»Ich schaffe das schon«, sage ich und versuche, es ehrlich zu meinen.

Und dann zieht mich Miss Person von der Plattform. »Komm mit! Ich möchte, dass du jemanden kennenlernst.« Sie packt meinen Arm und wir durchbrechen die Wellen mit all den Kindern und Eltern und Koffern und Gummibäumen und quetschen uns in einen knallvollen Fahrstuhl.

»Sechster Stock«, sagt Miss Person.

Ich schaue zurück in die Lobby.

Mein Vater steht immer noch auf der M-80-Insel.

Er winkt mir nach. Und obwohl ich weiß, dass der Fleck in seiner Hand nur Miss Persons Notiz ist, sieht er von hier wie ein großer lila Bluterguss aus.

Mona

»Das ist Mona«, sagt Miss Person.

Mona ist elf, wie ich. Außerdem ist sie hübsch und blond und hat hellrosa lackierte Fingernägel und sieht ein bisschen wie Lily Parker aus.

Also nicht wie ich.

»Mona ist seit sechs Jahren meine Schülerin«, sagt Miss Person. »Dies ist ihr fünfter Orgelwettbewerb.«

»Ist es dein erster?«, fragt mich Mona.

»Hmm.«

»Der erste kann einem schon Angst machen«, sagt sie, »aber Mom und ich sind Profis. Wir helfen dir, die Sache durchzustehen.«

Monas Mom heißt Judy. Judy ist blond wie Mona und hat perfekte Zähne. Judy sieht aus, wie Lily Parker aussehen wird, wenn sie erwachsen ist. Außer dass Judy lächelt.

»Du kannst gehen, Mabelline«, sagt Judy. »Ab hier schaffen wir es allein.«

Gehen? Miss Person geht?

Sie hat mich meinem Vater entrissen, und jetzt lädt sie mich hier in einem Hotelzimmer im sechsten Stock bei blonden Fremdlingen mit strahlend weißen Zähnen ab?

»Ihr Mädels werdet fantastisch sein«, sagt Miss Person. »Ich würde euch zuhören, wenn ich nicht in der Jury für die Erwachsenen sitzen müsste.«

Sie wird nicht dabei sein? Moment mal, will ich sagen. Was ist, wenn ich mich verlaufe? Was, wenn ich Lampenfieber bekomme? Was, wenn ich meine Noten verliere?

»Was ist, wenn ich einen Fehler mache?«, frage ich.

Miss Person lacht. »Einfach weiterspielen.«

Wie es läuft

Judy zieht die Informationsblätter aus meinem Wettbewerbs-Päckchen und breitet sie auf dem Hotelbett aus.

»Weißt du, wie das Ganze hier läuft?«, fragt sie mich.

Ich weiß es nicht.

Judy nimmt einen rosa Bogen in die Hand. Oben steht in Großbuchstaben: ABLAUF. »Du spielst zweimal. Einmal heute Abend und einmal am Sonntag«, sagt sie. »Jedes Mal spielst du vor zwei Jury-Mitgliedern, die deine Noten mitlesen und sich Fehler notieren. Sie machen sich auch Notizen zum Tempo, zu deinem Stil und der Auswahl des Musikstücks. Sie geben dir Punkte, wenn ihnen etwas gefällt, und ziehen bei Fehlern welche ab.«

»Die schlechteste Bewertung zählt nicht mit«, sagt Mona.

»Stimmt«, sagt Judy. »Du brauchst dir also keine Sorgen zu machen, dass die Jury etwas gegen deinen Stil hat oder dass ihr nicht gefällt, was du zum Spielen ausgewählt hast. Nur die drei besten Noten werden addiert.«

»Die besten fünf in jeder Altersgruppe bekommen Pokale«, sagt Mona.

Judy holt das Programm heraus, auf dem die Namen und das Alter der Teilnehmer stehen.

»Dieses Jahr spielen zehn Elfjährige«, sagt sie.

»Ist Mika dabei?«, fragt Mona.

»Ja«, sagt Judy.

»Der ist süß«, sagt Mona.

»Er spielt auch gut«, sagt Judy.

»Stimmt«, sagt Mona. »Und er ist süß.«

»Margaret Barstock ist auch wieder da.«

»Oh, die ist gut! Letztes Jahr war sie Zweitbeste«, sagt Mona.

Judy liest weiter die Namen der Elfjährigen vor, und Mona erklärt, wer gut ist und wer nett ist und wer einmal seine Noten im Hotelzimmer vergessen hatte, drei Stockwerke hochrennen musste, um sie zu holen, und es gerade noch rechtzeitig zurückschaffte, bevor sein Name aufgerufen wurde, so dass er spielen musste, obwohl er hechelte wie ein Hund, und trotzdem den ersten Preis bekam.

Jetzt bin ich nervös.

Vorher war ich es nicht, aber jetzt schon.

Ich hatte nicht an andere Kinder gedacht.

Ich hatte nur an mich gedacht, dass ich *Forever in Blue Jeans* spielen und gewinnen würde und eine Einladung in die Carnegie Hall bekäme und dass Mom im Zuschauerraum sitzen und mir zujubeln würde und dass sie denken würde, ich sei vielleicht der nächste Horowitz.

Aber hier sind auch noch andere Kinder.

Kinder, die das alles schon einmal gemacht haben.

Kinder mit Pokalen.

»In einer Stunde seid ihr Mädchen dran. Wollt ihr etwas essen?«, fragt Judy.

Essen? Soll das ein Witz sein? Vielleicht können die Kinder essen, die schon Pokale gewonnen haben, aber das Wort allein reicht schon, dass sich mir der Magen umdreht. Und zwar heftig.

»Nein, danke«, sage ich zu Judy.

»Ich habe genug Sandwiches dabei. Mona? Möchtest du Salami?«

»Salami?«, sagt Mona. »Machst du Witze? Davon wird mir schlecht!«

Stattdessen nimmt sich Mona zwei Dosen mit Limonade: eine für sich und eine für mich.

»Kannst du dir das vorstellen? Oben auf der Bühne zu spielen und Salami zu kotzen?«, fragt Mona.

Mir dreht sich schon wieder der Magen um. Ich gebe mir große Mühe, mir nicht vorzustellen, irgendetwas zu kotzen. »Das kommt aber in Wirklichkeit nicht vor, oder? Es hat sich doch bestimmt noch nie jemand bei so einem Wettbewerb übergeben?«

»Ich hab's zumindest noch nie gesehen«, sagt Mona. »Aber einmal ist ein Junge ohnmächtig geworden. Er hat *Green Acres* gespielt, und dann ist er zur Seite gekippt und *wusch!* Er ist glatt auf den Boden gerutscht. Der reine Wahnsinn!«

Wahnsinn?

»Er hatte den ganzen Tag nichts gegessen«, sagt Judy.

»Also kam seine Mutter angelaufen, um ihm zu helfen, aber bevor sie auf der Bühne war, saß er schon wieder auf der Klavierbank und spielte *Green Acres,* als ob nichts gewesen wäre. Wahnsinn.«

»Hat er einen Preis bekommen?«, frage ich.

»Nein, aber stehende Ovationen«, sagt Mona. »Und die Moral von der Geschicht'?«

»Vorher was essen«, sagt Judy.

»Einfach weiterspielen«, sagt Mona.

In der Carnegie Hall

In der Carnegie Hall gibt es Logen.

Die Frauen, die in den Logen sitzen, tragen glänzende Ballkleider und haben die Haare zu kunstvollen Frisuren hochgesteckt. Sie haben Handtaschen, die gerade mal groß genug für ein winziges Opernglas sind, durch die sie deine brillante Fingerarbeit von ganz nah betrachten. Die Männer haben Smokings an.

Wenn die Leute, die in den Logen sitzen, in die Carnegie Hall kommen, können sie die Bühne zuerst nicht sehen. Sie sehen nur einen riesigen Samtvorhang mit goldenen Fransen und Quasten.

Die Lichter werden gedämpft.

Der Vorhang hebt sich.

Da steht ein glänzender schwarzer Flügel.

Keiner sagt ein Wort.

Alle halten die Luft an.

Sie warten.

Und warten.

Und dann geht ein Scheinwerfer an und du betrittst die Bühne und alle jubeln und du gleitest anmutig zum Flügel und stehst davor, während die Menge vor Begeisterung ausflippt, und du lächelst ein anmutiges Lächeln und machst einen Knicks und hebst deine zarte Hand, um zu winken, und die Menge wird noch lauter, und du knickst noch einmal.

Das nennt man einen großen Auftritt.

Beim Perfectone-Orgelwettbewerb

Beim Perfectone-Orgelwettbewerb hat man keinen großen Auftritt.

Denn wenn man endlich den Konferenzraum G gefunden hat, wo man spielen soll, sind schon ein paar Leute da, die vom Vorspielen der Zehnjährigen übrig geblieben sind, und es gibt keine Bühne und keinen Samtvorhang, so dass man, selbst wenn man wollte, keinen großen Auftritt haben kann.

Und es gibt keine Logen.

Im Konferenzraum G sitzen alle auf kalten Klappstühlen aus Metall, und außer der Jury und den Kindern, die vorspielen, tragen alle Jeans.

Und keiner blättert in einem Programmheft, weil es keine Programmhefte gibt. Stattdessen wühlen alle in ihren Konferenzpäckchen herum und ziehen den ABLAUF-Zettel oder *Sehenswürdigkeiten in Birch Valley* oder die Broschüre *Lernen Sie die Perfectones kennen!* heraus.

Vorn im Konferenzraum G stehen drei elektronische Heimorgeln. In der Mitte steht die Perfectone M-80, die, wie die Broschüre *Lernen Sie die Perfectones kennen!* behauptet,

drei (3!) Manuale

vierundzwanzig (24!) Pedale

einhundertundsechs (106!) instrumentenähnliche Klangfarben

neununddreißig (39!) mitreißende Rhythmen

sowie!! eine Bank aus echtem Kirschbaumholz und warmes Kirschbaumfurnier aufweist, was die M-80 zu einem eleganten Möbel macht, das zu jeder Einrichtung passt!

Rechts neben der M-80 steht die J-70, die wie die D-60 zwei Manuale hat, aber mehr Pedale (!), Klangfarben (!) und Rhythmen (!). Auch sie hat ein Kirschbaumfurnier und eine Bank und sieht in jeder Umgebung schön aus!

Ganz links steht die nüchtern wirkende Perfectone D-60 mit ihren zwei Manualen, zehn Pedalen und einer mit Kunststoff bezogenen Bank.

Lernen Sie die Perfectones kennen! bezeichnet die D-60 nicht als elegant.

Die Broschüre behauptet nicht, dass die D-60 schön ist.

Lernen Sie die Perfectones kennen! erklärt, dass man mit der D-60 eine vernünftige Wahl trifft.

Vernünftig.

Wie ein Paar Socken.

Erste Runde

Judy und Mona sitzen ziemlich weit vorn, wo sie die Musik am besten hören können.

Ich sitze hinten neben dem Eingang zum Konferenzraum G, damit mich mein Vater, wenn er kommt, gleich sehen kann und nicht wegen der vielen Leute ausflippt.

Außer meinem Informationspäckchen habe ich noch drei Fotokopien von *Forever in Blue Jeans* auf dem Schoß. Eine für mich und je eine für die beiden Jury-Damen. Ich folge den Noten mit dem Finger. Ich versuche, mir einen Text auszudenken, der zur Melodie passt.

Bamm
Bamm
Bamm
Bamm
Bloß nicht spucken …

Was reimt sich auf spucken? Jucken? Gucken?

Wo ist Dad?

Gleich geht es los.

»Mika Soddenfelter?«

Es *geht* los.

Ein süßer Junge steht auf. Seine Mutter zupft seine Krawatte zurecht. Er reicht der Jury seine Notenkopien.

»Mika wird auf der Perfectone J-70 die Kennmelodie von *Kojak* spielen. Fang einfach an, wenn du so weit bist, Mika.«

Mika lächelt. Er ist süß. Sogar, als er sich auf die Kirschbaumbank der Perfectone J-70 setzt und mir den Rücken zukehrt, kann ich noch sehen, dass er süß ist.

Kennmelodie von Kojak klingt cool. Viel cooler als *Forever in Blue Jeans.* Ich beobachte, wie Mona im Takt zur Musik mit ihrem blonden Kopf nickt. Viel cooler. Als Mika fertig ist, strahlt er nicht mehr so, aber Mona und Judy und die Jury und eine Menge Leute, die vorn sitzen, lächeln. Sie klatschen auch.

Hier hinten, an der Tür des Konferenzraums G, klatschen nicht so viele Leute.

Hier hinten reden sie von Fehlern und vom Tempo und nur, weil irgendwas jazzig ist, heißt das noch lange nicht, dass es gut ist, und wieso darf man eigentlich nichts zu essen mitbringen?

Die Tür des Konferenzraums geht auf.

Ein Haufen Leute huscht rein. Ein Haufen anderer Leute huscht raus.

An der Tür ist eine Art Feder, die sie zuzieht. *Wusch-PENG!*

»Dürfen wir Sie daran erinnern, dass der Saal nur zwischen den einzelnen Darbietungen betreten oder verlassen werden darf?«, sagt eine Jury-Dame. »Und könnte unsere freiwillige Mitarbeiterin bitte dafür sorgen, dass sich die Tür leise schließt?«

Alle drehen sich um und starren die weißhaarige Dame an, die ein T-Shirt trägt, auf dem »Orgelwettbewerbs-Mama« steht. »Tut mir leid«, sagt sie.

»Die Nächste ist – Victoria Dewsbury.«

Victoria Dewsbury geht nach vorn.

Dad steht sicher draußen auf dem Flur und ist zu nervös, um reinzukommen.

»Victoria wird auf der Perfectone J-70 *Wir tanzen wieder Polka* spielen.«

Victoria spielt.

Es wird geklatscht. Victorias Eltern rufen Bravo. Die Leute, die hinten sitzen, murmeln.

»Das war im Leben keine Polka«, sagt einer.

Eine eingebildet aussehende Frau guckt über ihre Brille. »Gut, dass die Leute von Perfectone die Stücke für die Schüler umschreiben. Mit der Original-Komposition wäre das Mädchen niemals fertiggeworden. Stellt euch vor, sie hätte sich an einem der klassischen Stücke versucht!«

Klassische Stücke? Warum hat Miss Person mir nicht gesagt, dass es auch klassische Stücke gibt?

Die Tür geht auf. Leute huschen rein. Andere huschen raus.

Ich spähe auf den Flur. Kein Dad.

Wusch! Kein *Peng.* Stattdessen ein leises *Klick.* Die Orgelwettbewerbs-Mama lächelt.

»Andy Markowitz.«

Andy Markowitz spielt *Big Girls Don't Cry.* Seine Mutter weint.

Jetzt hört hinten keiner mehr zu. Sie wühlen in ihren Päckchen herum. Sie lesen *Lernen Sie die Perfectones kennen!* Die Kinder spielen Galgenmännchen. Ein Mann schläft.

Die Tür geht auf. *Wusch-klick.* Die Tür geht zu.

Immer noch kein Dad.

»Olivia DiMaggio.«

Olivia ist die Erste, die die Perfectone M-80 benutzt. Sie spielt die Kennmelodie aus *The Young and the Restless.*

Der schlafende Mann schnarcht.

Vorn im Saal wird für Olivia geklatscht.

Hinten wird nicht geklatscht.

»Jung und rastlos? Eher alt und bewusstlos«, murmelt ein Mann.

»Halt die Klappe, Harry«, sagt eine Frau, die neben ihm sitzt. »Würde es dir gefallen, wenn die Leute so über Becky reden?«

Ich verstehe nicht, was Harry meint. Ich finde, dass alle Kinder, die bis jetzt an der Reihe waren, gut gespielt haben.

Margaret Barstock spielt Mendelssohns *Frühlingslied* auf der Perfectone M-80. Es ist ein klassisches Stück. Ein sehr schönes. Und ich höre überhaupt keine Fehler. Aber sie muss welche gemacht haben, denn als sich Margaret Barstock umdreht, hat sie Tränen in den Augen und ihr Gesicht ist rot.

Harry fängt an, vom Frühling zu reden und dass er spät kommt in diesem Jahr, aber Mrs Harry schiebt ihm ein Pfefferminzbonbon in den Mund.

Einfach weiterspielen, denke ich.

Noch vier Kinder, bis ich dran bin.

Drei.

Zwei.

»Becky Depschak?«

Harrys Tochter steht auf.

»Becky wird auf der Perfectone J-70 *Istanbul (Not Constantinople)* spielen.«

Niemand spielt auf der D-60. Niemand.

Und alle haben einen Elternteil dabei. Alle.

Wo ist Dad?

Becky fängt an zu spielen. Dann hört sie auf. Ich höre Harry flüstern: »Ist doch alles okay, Schätzchen! Du schaffst das!«

Becky kann ihn von dort oben unmöglich hören, aber Harry flüstert trotzdem, und dann fängt Becky wieder an. Und als sie fertig ist, klatscht Harry, alle klatschen, und Becky schlurft mit gesenktem Kopf zurück zu ihrem Vater und Harry nimmt sie in die Arme und nennt sie Champion und fragt: »Wie wär's mit einem Hamburger?« Becky nickt, und die Familie Depschak verschwindet.

Auch ein paar andere Leute verschwinden.

Aber niemand kommt rein.

Wusch-klick.

Ich bin dran

Ich bin dran.

Dad ist nicht da, Miss Person ist nicht da und Mom ist nicht da, aber ich bin dran.

Die Leute im Konferenzraum G haben alle Stühle verrückt. Es gibt keinen Mittelgang mehr. Also muss ich mir in Schlangenlinien einen Weg nach vorne bahnen, wo die Jury sitzt. Und als ich dort bin, gebe ich den beiden Damen meine Noten, aber ich habe immer noch mein Info-Päckchen in der Hand. Alle anderen Kinder haben die Päckchen ihren Eltern zum Halten gegeben, bevor sie gespielt haben. Ich hatte niemanden, dem ich mein Päckchen geben konnte.

»Auf welchem Instrument wirst du spielen?«, werde ich gefragt.

»Auf der Orgel«, sage ich.

»Ja, natürlich«, sagt die Jury-Dame. »Aber auf welcher?«

»Oh«, sage ich. »Auf der Perfectone D-60.«

Und dann sagt die Jury-Dame allen, dass ich auf der Perfectone D-60 *Forever in Blue Jeans* spielen werde. Jemand grunzt. Ich hoffe, dass es der schlafende Mann hinten im Raum ist.

Wo soll ich mein Päckchen ablegen?

Ich stelle meine Noten auf den Notenständer, aber das Päckchen ist zu dick, um dahinter zu passen. Ich könnte mich draufsetzen. Nein. Der Fußboden. Ich lasse mein Päckchen auf den Boden fallen. Jemand lacht.

Okay.

Ich schaue in die Noten.

Okay.

Also los.

Ich drücke auf den Schalter für Rock-Beat Nummer drei und fange an, im Kopf zu zählen: *einsundzweiunddrei …*

Ich kann den Rock-Beat Nummer drei nicht hören.

Ich trete das Pedal für die Lautstärke durch. Nichts.

Ich drücke noch einmal auf den Rhythmus-Schalter.

Und noch einmal.

Knips knips knips.

Nichts.

Jetzt steht eine Jury-Dame neben mir.

»Anscheinend hat die D-60 heute noch keiner benutzt.« Sie lacht und schaltet die Perfectone D-60 ein, die schnaufend in Gang kommt. Der Rock-Beat Nummer drei ist so laut, dass ein kleines Kind zu weinen anfängt und aus dem Saal gebracht werden muss.

Wusch-klick.

Ich schalte den Rock-Beat Nummer drei aus.

Ich stelle die Lautstärke richtig ein.

Ich hole tief Luft.

Ich schalte den Rock-Beat Nummer drei wieder ein.

Einsundzweiunddreiundvierund …

Bamm

Bamm

BammBammBamm

Mein Fuß rutscht vom Pedal.
Einfach weiterspielen.

Einfach weiterspielen

Ich sage es viermal – bei jedem Fehler einmal.

Einfach weiterspielen.

Einfach weiterspielen.

Einfach weiterspielen.

Einfach weiterspielen.

Und dann ist *Forever in Blue Jeans* zu Ende.

Ich rutsche bis an den Rand der mit Kunststoff überzogenen Bank und will meinen Fuß auf den Boden setzen, aber ich trete nicht auf den Boden – ich trete auf mein Päckchen, das unter mir davonschießt, und falle fast hin.

Einfach weitergehen, sage ich mir.

Ich gehe weiter.

Eine der Jury-Damen kommt herüber, hebt mein Päckchen auf und reicht es mir.

Und dann höre ich die Leute klatschen und sehe, dass Judy mich zu sich winkt, und ich gehe zu Judy und Mona und setze mich neben sie und Judy nimmt mich in die Arme.

»Gut gemacht«, sagt sie.

»Ich habe Fehler gemacht«, sage ich.

»Heute haben alle Fehler gemacht«, sagt Judy.

»Und du hast weitergespielt«, sagt Mona.

»Mona Kinzler?« Mona gibt Judy das Info-Päckchen.

»Viel Spaß, Schätzchen«, sagt Judy. Sie umarmt Mona.

»Mona wird auf der Perfectone M-80 Bachs *Toccata und Fuge in d-Moll* spielen«, sagt die Jury-Dame.

Was Wladimir Horowitz sagt

Perfektion allein ist unvollkommen.

Das hat Horowitz gesagt.

Ich habe es in der Sendung im Fernsehen gehört, die ich mir mit meiner Mutter angeschaut habe. Der Sprecher sagte, Horowitz meinte damit, dass es nicht ausreicht, alle Noten richtig zu spielen. Wenn man Klavier spielt, muss man es mit Herz tun. Was schwieriger ist, als die Noten richtig zu spielen.

Jede Note kann nur auf eine Art richtig sein. Ein B ist ein B ist ein B. Auch ein Roboter kann ein B richtig spielen.

Aber das mit Herz zu tun, ist etwas, was nur ein Mensch kann. Und dafür gibt es so viele und so unterschiedliche Arten, wie es Menschen auf der Welt gibt.

Als ich Mona zuhöre, weiß ich, dass sie eine gefunden hat.

Während Mona spielt

Alle lächeln.

Judy lächelt und die Jury lächelt und Mika lächelt und ich lächle und ich wette, wenn Harry Depschak und seine Familie nicht inzwischen beim Hamburger-Grill wären, würden auch sie lächeln.

Denn wenn Mona spielt, muss man einfach lächeln.

Und singen.

Nein. Das stimmt nicht.

Es ist nicht so, dass man richtige Wörter singen möchte. Keinen Text.

Es ist so: Obwohl man weiß, dass Mona die Noten liest, ihre Finger die Tasten anschlagen, ihre Füße auf die Pedale treten und der Klang aus den ultragoldenen Lautsprechern der Perfectone M-80 kommt, hat man das Gefühl, dass die Musik aus einem selbst entspringt.

Als ob man singt.

Dad

Mona und Judy begleiten mich zum Zimmer 415 im Hotel und Konferenzzentrum Birch Valley.

Wir klopfen.

»Dad?«, rufe ich.

»Ich komme!«, ruft mein Vater.

Er öffnet die Tür gerade so weit, dass er den Kopf rausstrecken kann.

»Alles okay?«, fragt Judy.

»Alles okay«, sagt Dad. Er sieht Judy nicht an. »Ja. Also. Vielen Dank, dass Sie sich um Zoe gekümmert …«

»Keine Ursache. Es hat Spaß gemacht«, sagt Judy.

»Bis morgen«, sagt Mona zu mir.

»Hmm«, mache ich.

»Elf Uhr. Konferenzraum G.« Mona sieht meinen Vater an, als sie das sagt.

»Okay«, sage ich. »Bis morgen.«

Und als sie am Ende des Korridors angelangt sind, um die Ecke verschwinden und uns auf keinen Fall mehr sehen können, macht Dad die Tür richtig auf.

Im Hotelzimmer sieht es aus wie bei uns zu Hause. Das Tischtuch aus unserer Küche ist über den Tisch vor dem Fenster gebreitet, und Kopfkissen und Decke sind mit Dads blau kariertem Bettzeug bezogen. Das andere Bett ist mit rot kariertem Bettzeug bezogen. Auf dem Nachttisch neben Dads Wecker steht ein Foto von Mom und mir. Im Badezimmer hängen unsere gelben Handtücher, und in der Seifenschale liegt ein halb aufgebrauchtes Stück Seife, das Dad von zu Hause mitgebracht haben muss.

»Ich wollte alles schön gemütlich haben«, sagt Dad. »Man weiß ja nie, wie gut diese Leute sauber machen.« Dads Putzutensilien stehen unter dem Waschbecken im Bad. »Und das war auch gut so. Du hast ja keine Ahnung, was sich alles zwischen den Matratzen versteckt hat.«

Er hat Recht. Ich habe keine Ahnung und will es auch nicht wissen.

»Also«, sagt Dad. »Also – es war dreckig. Und ich bin beim Putzen dreckig geworden. Und es ist spät geworden, und ich hab nicht dran gedacht und ... äh ...«

Dad lässt sich auf die Bettkante fallen. »Dann hab ich mir die Hände gewaschen.«

Er hält eine Hand hoch. Wo Miss Person *Konferenzraum G – 18.30* hingeschrieben hatte, ist jetzt ein dicker lila Schmierfleck.

»Es tut mir leid, mein Schatz«, sagt mein Vater.

»Schon okay, Dad«, sage ich. »Du kannst ja morgen kommen.«

»Nicht einmal fliegende Affen könnten mich daran hindern«, sagt er. »Möchtest du etwas essen?«

»Ich hab einen Bärenhunger«, sage ich.

Dad zieht seinen Fern-Uni-Rucksack aus dem Wandschrank. Darin sind Sandwiches, mit »Nudelholz-Bäckerstolz«-Brot gemacht, »Back dich zur Bank«-Plätzchen, zwei Dosen Gingerale und eine Tüte Kartoffelchips.

Wir sitzen an dem kleinen Hoteltisch, auf dem unser Tischtuch liegt, Dad schaltet den Fernseher ein, und wir essen.

»Wie zu Hause«, sagt Dad.

Es ist für dich

Dad steht unter der Dusche, als sein Handy klingelt.

Mom, denke ich. *Sie will wissen, wie alles gelaufen ist.*

Und ich will es ihr nicht sagen.

Ich will ihr nicht erzählen, dass die Orgel nicht eingeschaltet war, dass mein Fuß vom Pedal gerutscht ist und dass ich so viele Fehler gemacht habe.

»Kannst du rangehen?«, brüllt Dad aus dem Badezimmer. »Es ist wahrscheinlich deine Mutter.«

Ich gehe ran.

»Hallo«, sage ich.

»Hey, Goober.«

Es ist Wheeler. Hurra!

»Zsa Zsa«, sage ich.

»Hör mal zu, Zsa Zsa«, sagt er.

Ich höre zu. Ich höre ein komisches Quieken.

»Hast du es gehört?«, fragt er.

»Was war das?«

»Ich hab gerülpst. Mit dem Kopf nach unten. Ich hab geübt.«

Ich muss lachen. Ob ich will oder nicht. Ich lache und kann nicht aufhören zu lachen. »Du hast mich angerufen, um im Kopfstand zu rülpsen?«, frage ich.

»Ich mache keinen Kopfstand. Ich hänge von meiner Bettkante.«

»Dann stehst du nicht richtig auf dem Kopf«, sage ich.

»Ich stehe fast auf dem Kopf.« Er quiekt wieder. »Wie war das?«

»Sehr beeindruckend.« Ich meine es ernst. Nicht jeder würde sich so viel Mühe geben.

»Wie ist es gelaufen?«, fragt er.

Ich erzähle es ihm.

Ich erzähle ihm, dass Dad es fertiggebracht hat, uns ohne Probleme hierherzufahren, und von der lauten Lobby und dem Upgrade-Mann; davon, dass Dad es nicht zum Konferenzraum geschafft hat und ich Fehler gemacht habe. Und dass ich einfach weitergespielt habe.

»Cool«, sagt er.

Und dann erzähle ich ihm noch, was wirklich cool war. Ich erzähle ihm von Mona und dass man das Gefühl hat, sein ganzer Körper füllt sich mit Musik, wenn sie spielt – wie beim Singen.

Und er sagt: »Du spielst auch so.«

»Was?«, sage ich.

»Du spielst auch so. Als du in der Schule *Green Acres* gespielt hast, klang es auch so. Und wenn du denkst, dass keiner zuhört. Du spielst auch so.«

»Echt?«

»Deshalb singen dein Vater und ich in der Küche doch immer.«

Sie singen in der Küche?

»Du kannst uns nicht hören, weil du selber singst«, sagt Wheeler.

»Ihr könnt mich singen hören?«

»Klar können wir dich hören, Goober«, sagt er. »Irgendwann müssen wir mal den Text dazu lernen.«

Ich muss wieder lachen.

Wheeler lacht auch.

Und Wheelers Lachen klingt wie singen.

Zweite Runde

Am nächsten Morgen sitze ich wieder ganz hinten im Konferenzraum G, aber dieses Mal ist Dad bei mir.

»Wie läuft das denn hier ab?«, fragt er.

Ich ziehe den ABLAUF-Zettel aus meinem Info-Päckchen. Er liest.

»Wenn du heute also besser spielst, fällt eine Bewertung von gestern raus?«

Ich habe Dad von gestern erzählt. Nachdem ich mit Wheeler telefoniert hatte und Dad aus der Dusche gekommen war, habe ich ihm von meinen Fehlern erzählt.

»Aber du hast weitergespielt?«, fragte Dad. Dabei wurden seine Augen groß. Es war deutlich zu sehen, dass er stolz auf mich war.

»Das machen alle«, sagte ich. »Du kannst nicht jedes Mal, wenn du Mist baust, einfach aufstehen und weglaufen. Dann würdest du nicht weit kommen.«

Ich erzählte ihm auch von Mona. Wie sie gespielt hat.

»Mona kommt also heute zuerst dran?«, fragt Dad.

»Genau«, sage ich. Wir spielen heute in umgekehrter Reihenfolge. Deshalb ist Mona die Erste und ich bin die Zweite.

»Wir sind so weit«, sagt eine Jury-Dame. »Könnte unser freiwilliger Mitarbeiter bitte den Leuten draußen im Flur Bescheid sagen?«

Die weißhaarige Frau ist nicht mehr da. Heute steht ein dicker

Kerl an der Tür, in einem rot karierten Hemd, über dem sich ein Orgelwettbewerbs-Mama-T-Shirt spannt.

»Leute, es geht los!«, ruft der freiwillige Mitarbeiter. »Allegro, Kinder! Beeilt euch!«

Menschen strömen in den Konferenzraum G. Becky Depschak und ihre Familie. Mika und seine Eltern. Andy Markowitz und seine Mutter.

Wusch-klick. Die Tür schließt sich.

Dads Bein fängt an zu zucken. Er rollt den ABLAUF-Zettel zu einer Röhre und klopft damit auf die Rückenlehne des Stuhls vor ihm.

»Alles okay?«, frage ich.

Dad rollt den Bogen wieder auseinander.

»Alles okay«, sagt er.

»Mona Kinzler?«, ruft eine Dame aus der Jury.

Mona steht auf und reicht ihrer Mutter das Info-Päckchen. Sie gibt der Jury ihre Noten und setzt sich an die Perfectone M-80. Alle sind still.

Mona spielt.

Alle lächeln. Genau wie gestern.

Dad lächelt.

Sein Bein zuckt nicht mehr, er lächelt und legt den Arm um mich, und ich habe das Gefühl, dass Monas Musik in uns beiden ist. Dass ihre Musik in uns allen ist.

Als Mona aufhört zu spielen, klatschen alle, und Dad ruft: »Bravo!«

Dann geht die Tür auf und ein paar Leute huschen raus und

andere huschen rein und die Leute hören auf zu lächeln und sagen wieder, dass es so stickig ist im Saal und wieso darf man eigentlich nichts zu essen mitbringen?

»Du bist die Nächste, hmm?«, sagt Dad.

»Ich bin die Nächste.«

Ich schaue meine Noten an. Ich höre sie im Kopf. Ich höre mich singen. Ich höre Wheeler und Dad singen.

Aber Dad singt nicht. Dad lässt sein Bein zucken. Er lässt es auf den Boden tappen und hüpfen. Und er schaut über seine Schulter zur Tür.

»Ich bin so stolz auf dich. Es muss wirklich schwer sein, vor all diesen Menschen zu spielen«, sagt er und sieht wieder zur Tür.

»Willst du gehen?«, frage ich.

»Nein«, sagt er. Er küsst mich auf die Stirn. »Ich will bleiben.«

Sie rufen mich auf.

Wusch-klick.

Ich reiche Dad mein Info-Päckchen.

»Du kannst gehen, wenn du musst«, sage ich. »Ich schaffe das schon.«

»Ich bleibe einfach sitzen«, sagt Dad. »Viel Spaß!«

Ich bringe der Jury meine Noten. »Ich werde auf der D-60 spielen«, sage ich.

Ich prüfe den Knopf, mit dem man sie einschaltet.

Die Perfectone D-60 ist bereit und schnauft.

Und gerade, als ich anfangen will, höre ich es.

Wusch-PENG!

Die Tür.

Armer Dad, denke ich.

Einfach weiterspielen, denke ich.

Rock-Beat Nummer drei.

Einsundzweiunddreiundvierund

Bamm

Bamm

Bamm

Bamm

Ich spiele.

Und obwohl ich weiß, dass ich die Noten lese, meine Finger die Tasten anschlagen, mein Fuß auf die Pedale tritt und der Klang aus den ultragoldenen Lautsprechern der Perfectone D-60 kommt – obwohl ich all das weiß, fühlt es sich an, als ob die Musik aus meinem Innern kommt.

Und als ich fertig bin

Ich nehme die Noten vom Ständer, rutsche von der Bank, drehe mich um und sehe, dass die Leute lächeln. Die Jury lächelt und Mona und Judy lächeln und Becky und Mika und viele andere Leute im Saal lächeln.

Und ganz hinten an der Tür des Konferenzraums G steht mein Vater und lächelt.

Und neben ihm steht meine Mutter.

Und lächelt auch.

Danach

Dad klatscht immer noch, als ich nach hinten gehe.

»Vielen Dank«, sage ich. Ich knickse. Ich glaube, ich habe nie zuvor einen Knicks gemacht. Es fühlt sich aber gut an. Also mache ich es gleich noch mal.

Dad sieht ein bisschen blass aus. Aber er lächelt.

»Ich gehe aufs Zimmer«, sagt er. Er nimmt mich fest in seine verschwitzten Arme. »Ich bin stolz auf dich«, flüstert er.

»Becky Depschak?«, ruft eine Dame der Jury.

»Komm, wir suchen uns Plätze!«, sagt Mom.

Wusch-klick.

Becky Depschak geht nach vorn, während Mom und ich Plätze hinter der Jury finden.

»Wie läuft das denn hier ab?«, fragt Mom, und ich reiche ihr den ABLAUF-Zettel.

»Becky wird auf der Perfectone J-70 *Istanbul (Not Constantinople)* spielen«, sagt eine Jury-Dame.

Bevor Becky den Meringue-Schalter drücken kann, nimmt Mom einen Kugelschreiber und unterstreicht auf dem ABLAUF-Zettel *die niedrigsten Werte entfallen, Stil und Auswahl* und *die besten fünf Spieler werden prämiert.* Mom sieht, dass ich sie beobachte. In der letzten Zeile des ABLAUF-Zettels kreist sie zwei Wörter ein.

Viel Spaß!

Mom

Mom hat einen Spiegel in der Handtasche.

Eigentlich sind es zwei Spiegel mit einem kleinen Scharnier in der Mitte, damit sie sie aufklappen und nachsehen kann, ob das Make-up auf beiden Gesichtshälften gleich ist.

Aber wenn man den Spiegel im richtigen Winkel hält, kann man mit ihm auch über die Schultern der Jury-Mitglieder gucken, um herauszufinden, was sie auf die Notenblätter schreiben. Und das tut meine Mutter gerade.

Sie beobachtet, wie viele Fehler jeder macht, und liest die Bemerkungen der Jury.

Sie hat die Namen aller Teilnehmer aufgeschrieben und daneben Spalten gezeichnet, in die sie für jeden Fehler einen kleinen Strich macht. Sie notiert sich auch die Bemerkungen der Jury, verschlüsselt mit Plus- und Minuszeichen und Sternen.

So hat meine Mutter ihren Spaß.

Noch mehr Spaß

Mika Soddenfelter spielt die *Kennmelodie von Kojak* zu Ende und Mom klappt ihren Spiegel zu.

»Das letzte Stück hat mir gefallen.« Sie hat zwei Striche in Mikas Fehler-Spalte gemacht, fügt aber noch einen kleinen Stern hinzu. »Dafür, dass ihm das Spielen solchen Spaß macht, sollte er Extrapunkte kriegen«, sagt sie.

Es hat wirklich so geklungen, als ob es ihm Spaß gemacht hat.

Eigentlich hat es bei allen so geklungen, als ob es ihnen Spaß gemacht hat. Viel mehr Spaß als gestern.

»Schade, dass du Mona verpasst hast«, sage ich zu Mom.

»Dass sie *was* verpasst hat?« Ich drehe mich um und sehe, dass Mona und Judy hinter uns stehen. Ich hoffe, dass sie Moms Spiegeltrick nicht mitbekommen haben.

»Dich spielen zu hören«, sage ich zu Mona. »Du warst wieder ganz toll!«

»Danke«, sagt sie. »Du warst auch toll.«

»Die Preisverleihung ist erst um vier«, sagt Judy. »Mona und ich gehen zum Mittagessen ins Einkaufszentrum. Wollen Sie nicht mitkommen?«

Mom sieht mich an und ich nicke. Sie zieht ihr Handy aus der Tasche. »Ich muss das kurz mit dem Familienministerium abstimmen«, sagt sie.

Dann geht sie auf den Flur, um mit meinem Vater zu telefonieren, und Mona sagt, wie süß sie Mika findet und dass an ihrer Schule ein Junge ist, der Tony heißt und Mika ähnlich sieht, aber größer ist und eine Brille trägt und braune Haare und grüne Augen hat und dass er sie mag und sie ihn, dass er aber nicht richtig ihr Freund ist oder so.

»Hast du einen Freund?«, fragt sie mich.

Und der Erste, der mir einfällt, ist Wheeler. Aber Wheeler ist nicht mein *Freund*. Wheeler ist ein Junge. Und er ist ein Freund. Und ich finde ihn auf eine verlotterte Art süß. Aber er ist nicht mein *Freund*. Das alles denke ich. Und dann denke ich, wie komisch es ist, dass ich an Wheeler gedacht habe und nicht an Colton, der zwar auch nicht mein Freund ist, aber mich wenigstens mag. Ich glaube, er mag mich *echt*.

»Nein«, sage ich.

Und dann kommt Mom wieder rein.

»Gehen wir!«, sagt sie.

Geldfragen

Als wir endlich beim Hamburger-Grill ankommen, sind wir halb verhungert. Es hat ewig gedauert, bis wir das Restaurant gefunden haben, weil die Läden im Shoppingcenter hier die gleichen sind wie bei uns – sie sind nur anders angeordnet. Wenn man also glaubt, in der Nähe von einem Hamburger-Grill zu sein, weil man die Läden Mango-Tango und Mister Brezel sehen kann, täuscht man sich, weil der Hamburger-Grill hier auf der anderen Seite des Einkaufszentrums ist und die Leute vom Mango-Tango, die man fragt, sich nicht sicher sind, ob sich der Grill unten neben dem Diät-Imbiss oder oben neben dem Laden der Friseurkette »Blonde Maus« befindet. Er ist neben der blonden Maus.

Am Nachbartisch sitzt ein Mädchen in Pfadfinderuniform, aber statt der Schärpe, an die normalerweise Abzeichen geheftet sind, hat sie sich ein Fratz-T-Shirt über die Pfadfinderbluse gezogen.

»Ich hasse dieses Fratz-Zeug«, sagt Mona. Tatsächlich sagt sie: »Ich haffe diefef Frat-Feug«, weil sie den Mund voll Hamburger hat, aber ich weiß sofort, was sie meint.

»Alle in meiner Schule haben das«, sage ich.

»Warum tragen die Leute eigentlich Sachen, auf denen steht, dass sie verwöhnt und frech sind?«, fragt Mona.

»Vielleicht weil's stimmt«, sage ich.

»Wäre es nicht lustig, wenn alle Leute T-Shirts mit der Wahrheit drauf anhaben würden?«, fragt Mona lachend. »Zum Beispiel *Ich habe keine eigene Meinung* oder *Ich hoffe, dass ich in diesem Shirt cool aussehe.*«

»Ach, ich weiß auch noch, wie gern ich früher cool aussehen wollte«, sagt Judy. Sie zeigt mit ihrem Hamburger auf meine Mutter. »Können Sie sich an die Giggels erinnern?«

»Giggels«, sagt Mom. »Natürlich kann ich mich an die Giggels erinnern!«

»Was sind Giggels?«, fragt Mona.

»Das waren die coolsten Jeans, die man sich denken konnte«, sagt Judy. »Sie hatten ein kleines Tupfenmuster auf der Tasche. Ohne diese Jeans warst du ein Nichts.«

»Ich habe das gehasst«, sagt Mom. »Ich kam mir wie eine Außenseiterin vor.«

Judy nickt.

Mom hat sich mal Sorgen gemacht, eine Außenseiterin zu sein?

»Sie waren furchtbar teuer. Ich habe monatelang das Geld gespart, das ich beim Babysitten verdiente, um mir so eine Jeans kaufen zu können«, erzählt Mom.

»Ich habe meine getragen, bis sie mir vom Leib fiel«, sagt Judy.

Mom beißt wieder ein großes Stück von ihrem Hamburger ab.

»Und jetzt«, sagt Judy, »muss ich pinkeln.«

Mona steht auf. »Ich komme mit.«

»Noch jemand?«, fragt Judy.

Mom und ich schütteln die Köpfe. Wir haben beide eine gute Blase. Das haben wir gemeinsam.

Während Judy und Mona auf der Toilette sind, frage ich Mom, ob sie ihre Giggels-Jeans auch getragen hat, bis sie ihr vom Leib fiel.

»Nein, ich habe mir dann doch keine gekauft«, sagt sie. »Dein Opa war damals bei Ford, und es gab Kurzarbeit.« Mom trinkt einen Schluck Limo. »Wir brauchten das Geld für wichtigere Dinge. Ich hatte andere Jeans.«

Ich denke darüber nach. Darüber, dass Mom cool sein wollte und ihr Coole-Jeans-Geld für etwas anderes ausgeben musste.

Dann sagt Mom: »Wenn du eins von diesen Rotz-Shirts haben möchtest, können wir dir eins kaufen.«

»Fratz«, sage ich.

»Wie bitte?«

»Nicht Rotz-Shirts, Mom. Fratz.«

Mom lacht über sich selbst, was ein bisschen merkwürdig ist. Ich kann mich nicht erinnern, dass sie das schon mal getan hat. Sie lacht über ihren Fehler und sagt: »Stimmt. Fratz. Wenn du ein Fratz-Shirt möchtest, kaufen wir eins.«

Ich sage Danke, aber ich will keins. Und ich will wirklich keins. Aber es war schön, gefragt zu werden.

Mom sagt okay. Und dann sitzen Mom und ich nebeneinander und kauen und betrachten unser Spiegelbild im Metallregal des Restaurants, auf dem die Gewürze und Soßen für die Gäste stehen.

Als Judy und Mona zurückkommen, singt Judy.

»Mom«, seufzt Mona.

»Zoe ist schuld«, sagt Judy.

Mona sagt: »Du hast heute Morgen so gut gespielt, dass meine Mutter das Lied nicht mehr aus ihrem Kopf kriegt!«

Judy kennt den Text?

Tatsächlich.

Und sie singt.

Der Text handelt davon, dass Geld nicht so wichtig ist wie Musik oder Tanz und solange Neil Diamond nur bei der Person sein kann, die er liebt, sind ihm teure Klamotten egal – ihm reichen Blue Jeans.

Die Fratz-Pfadfinderin starrt zu uns rüber.

»Mom!«, seufzt Mona wieder.

Meine Mutter schaut auf die Uhr. »Wir müssen los.«

Wir gehen schnell von der Hamburger-Seite des Einkaufszentrums auf die Mango-Tango-Seite und dann raus auf den Parkplatz, wo meine Mutter, obwohl ich schon elf bin, bis zum Auto meine Hand hält.

Die Formel zum Erfolg

$$(A - B - C) + (X - Y - Z) + \frac{(A - B - C) + (X - Y - Z)}{2} = \text{Gesamtnote}$$

Das hat meine Mutter auf die Rückseite meines Info-Päckchens geschrieben.

»Es ist eigentlich ganz einfach«, sagt sie. »A - B - C sind die positiven Bemerkungen minus die Anzahl von Fehlern minus die Anzahl von negativen Bemerkungen, die der erste Preisrichter macht. X, Y und Z entsprechen den gleichen Kategorien für den Preisrichter Nummer zwei.«

Ich verstehe es nicht, aber ich nicke.

Wenn Dad hier wäre, würde er es mir erklären. Aber Dad ist nicht hier. Mom hat gesagt, dass er sich zu Hause um irgendwas kümmern muss und deshalb schon zurückgefahren ist.

»Mach dir keine Sorgen«, sagt sie. »Er hat sein Handy dabei.«

Ich mache mir trotzdem Sorgen.

»Also«, sagt sie, »da du mir nicht sagen kannst, ob die anderen am Samstag besser oder schlechter gespielt haben als heute …«

»Bis auf mich«, sage ich. »Ich habe schlechter gespielt.«

»Bis auf dich«, sagt Mom. »Da du nicht weißt, wie die anderen gespielt haben, zählen wir sicherheitshalber den Durchschnitt der Gesamtnoten der Preisrichter eins und zwei dazu, was die Benotung eines Preisrichters Nummer drei ergibt.« Sie zeigt auf die Bruchlinie mit der Zwei darunter.

Ich nicke wieder. »Durchschnitt«, sage ich.

»Jetzt brauchen wir nur noch die Zahlen aus der Tabelle in unsere Formel zu übertragen und bekommen ein ziemlich genaues Bild davon, wie die endgültige Rangfolge sein wird«, sagt Mom.

»Außer für mich und Mona«, sage ich.

Mom sagt nichts. Sie überträgt.

Der Ballsaal des Hotels und Konferenzzentrums Birch Valley ist rappelvoll. So voll, dass Mom, Mona, Judy und ich keine vier Plätze nebeneinander finden konnten. Also sind Mona und Judy nach vorn gegangen und haben sich auf den Fußboden gesetzt, und Mom und ich haben einen Gummibaum beiseitegeschoben, damit wir uns aufs Fensterbrett setzen konnten.

Es ist kein Platz mehr frei. Wohin ich auch schaue – überall sind Mütter, Väter und Kinder. Mitarbeiter von Perfectone mit Upgrade-Ansteckern verteilen *Lernen Sie die Perfectones kennen!*-Broschüren und Freiwillige in Orgelwettbewerbs-Mama-Shirts scheuchen Kinder von den Tischen weg, auf denen die Pokale stehen. Die Leute sagen Sachen wie: Egal, was passiert – ich bin stolz auf dich und fass deine Schwester nicht an und ist das nicht elegantes Kirschbaumfurnier und solange ich lebe, werde ich keinen Hamburger mehr essen!

Ganz vorn im Saal kann ich Mona und Judy sehen.

Sie winken. Ich winke zurück.

Mom hält den Kopf gesenkt. Sie überträgt immer noch Zahlen in ihre Formel. Sie lächelt.

Mom sieht hübsch aus, wenn sie lächelt.

»Wenn jetzt bitte alle ihre Plätze einnehmen würden!« Vorn auf dem Podium steht ein Mann von Perfectone.

»Da haben wir's!«, sagt Mom. Sie ist fertig mit dem Übertragen. »Wenn wir von den Angaben ausgehen, die wir haben – die natürlich unvollständig sind –, sollte die Liste der Gewinner so aussehen.«

Mom reicht mir das Info-Päckchen.

Mika Soddenfelter
Roger Patel
Margaret Barstock
Andy Markowitz
Victoria Dewsbury

»Das sind die Gewinner«, sagt Mom. Sie klopft mit ihrem Kugelschreiber auf das Päckchen. »Eins, zwei, drei, vier, fünf.«

»Ich bin Benjamin Bemmerman, Bereichsleiter der Firma Perfectone«, sagt der Mann auf dem Podium. Die Leute mit den Upgrade-Buttons klatschen.

»Du musst Mona noch auf die Liste setzen!«, flüstere ich Mom zu.

»Herzlichen Glückwunsch allen, die am 26. regionalen Perfectone-Orgelwettbewerb von Südwest-Michigan teilgenommen haben«, sagt Benjamin Bemmerman.

»Wie hat sie gespielt?«, fragt mich Mom.

»Wie Horowitz«, sage ich.

Mom setzt Monas Namen ganz oben auf die Liste. Sie streicht Victoria Dewsbury aus. »Tut mir leid, Vicky, für dich gibt's doch keinen Pokal«, sagt sie.

Arme Vicky.

»Und wie hast du gespielt?«, fragt mich Mom.

Ich weiß, dass ich am Samstag Fehler gemacht habe. Fünf Stück. Vielleicht sechs. Aber heute Morgen?

»Ich weiß nicht«, sage ich.

»Wie *glaubst* du, dass du gespielt hast?«, fragt Mom.

»Wie glaubst *du*, dass ich gespielt habe?«, frage ich.

Benjamin Bemmerman fängt an, die Gewinner der Sechsjährigen zu verkünden.

Wieso antwortet mir Mom nicht?

Mona hat gesagt, ich hätte toll gespielt. Judy auch.

Warum sagt Mom nicht, dass ich toll gespielt habe?

»Wenn du am Samstag wirklich schlecht warst, würde meine Formel sowieso nicht funktionieren«, sagt sie. Sie lächelt nicht mehr. Ich glaube, sie ist enttäuscht von ihrer Formel. Entweder von der Formel oder von mir.

Die Leute im Hintergrund

Benjamin Bemmerman braucht ewig, um die Namen der Gewinner zu verkünden.

Es sind sehr viele.

»Bei den Siebenjährigen hat Danielle Bennet den fünften Platz errungen.«

Ein paar von den Kleinen schreien, wenn sie ihren Namen hören. Dann hopsen sie herum, und ihre Eltern umarmen sie, und es dauert sehr, sehr lange, bis sie überhaupt zum Podium gehen, um ihren Pokal in Empfang zu nehmen. Ein Kind weint.

»Und unsere Gewinnerin bei den Neunjährigen ist Sylvia Karkatowski!«

Wenn ich einen Pokal bekäme, würde ich nicht weinen.

Nicht, dass ich einen bekomme.

Aber wenn ich doch einen kriegen würde, wenn ich Mona wäre oder so, würde ich nicht weinen.

In der Carnegie Hall weinen die Leute nicht. Sie nicken nur und verbeugen sich. Ich wette, manchmal halten sie auch eine kurze Rede.

Wenn ich Mona wäre, würde ich eine kurze Rede halten.

Wenn man eine Rede hält, soll man den Leuten im Hintergrund danken. Wie zum Beispiel dem Sechsjährigen, der geweint hat. Dann bedankt man sich bei seinen Lehrern und seinen Freunden und allen, die diesen Augenblick ermöglicht haben. Lester Rennet zum Beispiel und Miss Person und Wheeler, weil er mich auf dem Handy angerufen hat, und Dad, weil er mich hergefahren hat.

»Dritter Platz – Minette Popper.«

Und ich würde Mom dafür danken, dass sie mitgekommen ist, obwohl es eine Krise in der Buchhaltung gab – dass sie mitgekommen ist und mir beim Spielen zugehört hat, mich zum Essen ausgeführt hat, mir von den Giggels-Jeans erzählt hat und auf dem Parkplatz meine Hand gehalten hat, obwohl das gar nicht mehr nötig ist.

Und ich würde auch Wladimir Horowitz danken.

»Beim Wettbewerb der Elfjährigen ...«

»Den fünften Platz hat Andy Markowitz erreicht.«

Mom macht auf ihrem Zettel einen Haken neben dem Namen von Andy Markowitz. Ihre Formel funktioniert.

»Vierter Platz – Zoe Elias.«

Mom hakt auf ihrer Liste keine Zoe Elias ab.

Zoe Elias ist nicht auf ihrer Liste.

Zoe Elias bin ich!

Mom springt auf und ich springe auf und Mom sagt: »Hol dir deinen Pokal, Zoe!« Und ich gehe.

Ich benehme mich sehr professionell.

Ich weine nicht.

Ich nehme meinen Pokal entgegen.

Ich verbeuge mich. Die Leute lachen. Vielleicht hätte ich einen Knicks machen sollen.

Ich halte keine Rede. Stattdessen gehe ich zu Mom zurück und sehe zu, wie sie Margaret Barstock durchstreicht und an vierte

Stelle in großen fetten Buchstaben meinen Namen hinschreibt: ZOE ELIAS.

»Danke, Mom«, sage ich.

Mein Pokal

Mein Pokal glänzt.

Der Sockel ist aus Marmor – echtem Marmor –, und zwei goldene Säulen halten eine Marmortafel mit einem goldenen Schild, auf dem steht:

VIERTER PLATZ
KATEGORIE DER ELFJÄHRIGEN

Und dann gibt es noch eine funkelnde blaue Säule, auf der PERFECTONE-ORGELWETTBEWERB steht, und noch eine Marmortafel, auf der eine große goldene Note prangt. Der Pokal ist wunderschön.

So schön, dass ich meinen Blick erst von ihm wende, als die Preisverleihung vorbei ist. Und als ich endlich hochblicke, steht Miss Person vor mir und strahlt.

»Beethovens Badehose!«, ruft sie aus. »Dein erster Pokal! Herzlichen Glückwunsch, meine Kleine!«

»Danke«, sage ich. Mein erster Pokal.

»In zwei Wochen kriegst du noch ein goldenes Schildchen mit der Post«, erklärt mir Miss Person. »Darauf ist dein Name eingraviert. Das kannst du dann mit Tesafilm auf deinen Pokal kleben.«

Mein Pokal. Das sind meine Fingerabdrücke, die überall darauf zu sehen sind. Und in ein paar Wochen wird mein Name draufstehen.

Mein Name.

Zoe Elias.

Ich sehe Mona und Judy den Raum durchqueren. Mona schwenkt mir ihren Erster-Platz-Pokal entgegen. Ich winke mit meinem Vierter-Platz-Pokal zurück.

»Schätzchen«, sagt Mom. Sie schaut auf ihre Uhr. »Es tut mir leid, so zu hetzen, aber wir müssen unbedingt los!«

Freudenfest per Handy

»Ich finde, du solltest das Familienministerium benachrichtigen«, sagt Mom. Sie fährt mit einer Hand und schwenkt in der anderen ihr Handy. »Sag deinem Vater, dass wir in ungefähr fünfzig Minuten zu Hause sind.«

Ich wähle unsere Nummer.

»Hallo?«, sagt Dad. Er klingt anders. Seine Stimme ist tief und ernst, so, als ob er gleich eine Rede halten würde.

»Dad?«, sage ich.

»Zoe!« Seine normale Stimme ist zurück. »Wie ist es gelaufen?«

Ich sage ihm, dass ich Vierte geworden bin.

»Juuuuuu-huuuuuuu!«, schreit Dad.

Ich höre eine Stimme im Hintergrund. »Wieso juu-huu?«

»Sie ist Vierte geworden!«, schreit Dad.

»Juuuuuu-huuuuuuu!« Das ist Wheeler.

»Soso«, sagt Dad. »Du hast also einen Pokal bekommen. Ist das nicht besser als ein Klavier?«

Ist es das?

Es gefällt mir, einen Pokal zu haben. Vor allem so einen glänzenden, auf dem in ein paar Wochen mein Name stehen wird. Aber ist das besser als ein Klavier? Als auf einem echten Klavier zu spielen?

»Ich weiß nicht«, sage ich.

Es hat mir gefallen, heute zu spielen. Es hat mir besser gefallen als je zuvor. Es hat mir gefallen, wie die Pedale klangen und wie sich die Tasten unter meinen Fingern angefühlt haben, und es hat mir gefallen, wie der Rock-Beat Nummer drei in meiner Brust stampfte.

Aber die Perfectone D-60 ist kein Klavier.

»Gib mir auch mal das Telefon!«, sagt Mom.

Ich gebe es ihr.

»Hallo?«, sagt sie. »Ja, ich weiß, dass sie Vierte geworden ist!« Mom lacht. »Ist alles okay?«

Dad sagt etwas und Mom lacht wieder. »Das ist toll! Ich kann es kaum erwarten ... Oh, Mist«, sagt sie. »Ich bekomme gerade noch einen Anruf. Wir sind in einer Dreiviertelstunde zu Hause. Okay. Nein. Ich ruf dich zurück, wenn ich kann.«

Mom nimmt das Telefon vom Ohr und drückt mit dem Daumen ein paar Tasten.

»Hallo? Sharon? Hey. Wie läuft es in der Buchhaltung?«

Es ist ihr Büro.

»Nein«, sagt sie. »Nein, ich mach das schon. Ich bin morgen früher im Büro.«

Ich lehne meinen Kopf ans Autofenster.

»Fantastisch, Sharon!«, sagt Mom.

Sie klingt glücklich.

Ihre Arbeit macht sie glücklich.

»Wirklich fantastisch«, sagt sie. »Das hättest du sehen sollen! Die Leute haben im Takt mitgewippt. Ich war *so* stolz!«

Mom redet nicht von der Arbeit.

Sie redet von mir.

Und sie ist glücklich.

Auf dem Heimweg

Mom redet wieder von Konten und Terminen und Geschäftsjahren.

Wir fahren an Supermärkten und Boutiquen und Haushaltswarenläden und Geschäften mit Büromaterialien vorbei. Hamburger-Grill. Café. Tankstelle. Hamburger-Grill. Eine Ansammlung von Häusern, die ganz genauso aussehen wie die Häuser in East Eastside. Eine Werbetafel für Hamburger.

Als wir unter einer Überführung durchfahren, wird das Fenster dunkel und ich kann mein Spiegelbild sehen.

Supermarkt. Buchladen. Scherzartikel. Solarium.

Ich.

Tankstelle. Café. Häuser.

Ich.

Irgendwo zwischen meinem Spiegelbild und einer Ansammlung von Häusern schlafe ich ein.

Ich träume, dass ich Klavier spiele.

Es klopft

Klopf, klopf, klopf.

Ich bin immer noch in Moms Auto, aber es steht in unserer Garage und Wheeler klopft ans Fenster. »Wach auf, Goober!«

»Ich heiße Zoe«, sage ich. Ich steige aus.

»Zeig mir deinen Pokal, Zsa Zsa!«

»Zoe«, sage ich.

»Elias«, sagt er.

Elias.

Okay. Elias. Ich reiche ihm meinen Pokal.

»Cool«, sagt Wheeler. Er schaut mir ins Gesicht und lächelt sein schiefes Lächeln. Mein Magen verknotet sich. Auf eine angenehme Art.

»Ist sie wach?«, ruft Dad aus dem Haus.

»Bist du wach?«, fragt mich Wheeler.

Es fühlt sich an, als ob ich noch nicht richtig wach bin. Der ganze Tag war einfach zu gut. Es kommt mir vor, als ob ich träume.

»Hol sie rein! Es gibt was zu feiern!«, ruft Dad.

Wheeler geht mit mir rein.

Mom und Dad halten Sektgläser in der Hand, die mit Gingerale gefüllt sind. Dad reicht Wheeler ein Glas und Mom gibt mir eins.

»Auf Zoe«, sagt Mom, »die hart gearbeitet und gut gespielt hat.«

»Auf Zoe!«, sagt Dad. Er stößt mit mir an.

»Auf Elias!«, sagt Wheeler. Er stößt auch mit mir an.

Mom und Dad und Wheeler nehmen große Schlucke aus ihren Gläsern. Ich nicht. Ich könnte nicht, selbst wenn ich es wollte. In meinem Hals steckt ein dicker Kloß.

»Fängst du jetzt an zu weinen, Elias?«, fragt Wheeler.

Ich schüttele den Kopf.

Alle schauen mich an.

Ein komisches Gefühl.

Sie sollen aufhören, mich anzuschauen.

Was kann ich tun, damit sie aufhören, mich anzuschauen?

»Ich trinke auf Wheeler«, sage ich. »Auf Wheeler, der hart gearbeitet hat und mit dem Kopf nach unten rülpsen kann.«

Mom und Dad lachen. »Auf Wheeler!«

Wir stoßen alle miteinander an.

Dann hebt Wheeler sein Glas. »Auf Mr Elias«, sagt er, »der ...«

»Warte!«, sagt Dad.

»Lasst uns Torte essen!«, sagt Mom.

Torte? Wir haben ja noch nicht einmal richtig zu Abend gegessen.

»Heute ist ein besonderer Tag, an dem es zuallererst Torte gibt«, sagt Dad. »Wheeler, holst du sie?«

Wheelers Grinsen wird immer schiefer. Er bringt die Torte. Die Torte mit dem Flügel. Nur sind jetzt auch Kerzen drauf. Und noch etwas anderes.

»Das bist du«, sagt Dad.

Ich bin es wirklich. Ein kleines Ich aus Marzipan. Das neben dem Flügel steht. Und einen Pokal in den Händen hält.

»Das hat Wheeler gemacht«, sagt Dad.

Der Kloß in meinem Hals ist wieder da. Und der Knoten in meinem Magen. Das hat Wheeler gemacht.

»Danke«, sage ich.

Wheeler nickt. Er sagt nichts. Vielleicht hat Wheeler auch einen Kloß im Hals.

»Es tut mir leid, dass ich deinen richtigen Geburtstag verpasst habe, Zoe«, sagt Mom. »Dad hat mir erzählt, dass du dir noch gar nichts gewünscht hast.«

Stimmt. Ich habe mir noch nichts gewünscht.

»Warum wünschst du dir nicht jetzt etwas?«, fragt Mom.

Ich schließe die Augen.

Ich blase die Kerzen aus.

Ich mache die Augen auf.

Ich schaue meinem lächelnden Marzipan-Ich ins Gesicht.

Wünsche

»Ich hoffe, du hast dir was Großes gewünscht«, sagt Mom.

Habe ich.

»Hast du dir ein Klavier gewünscht?«, fragt sie.

Ein Klavier? Daran habe ich gar nicht gedacht.

»Wir haben doch eine Perfectone D-60«, sage ich.

»Aber du hättest lieber ein Klavier, stimmt's?«, fragt Dad.

Ja. Stimmt. Aber ich glaube, wenn ich das zugeben würde, würde ich ihn traurig machen.

»Ist schon okay«, sagt Dad.

Ich nicke. Ja. Selbst wenn ich nie wieder einen Preis bekomme, selbst wenn ich nie in der Carnegie Hall spielen werde, selbst wenn ich nicht der nächste Horowitz bin, würde ich doch lieber Klavier spielen. In meinen Träumen spiele ich Klavier.

»Das ist gut«, sagt Mom. »Weil du nämlich eins bekommst.«

Ich bekomme ein Klavier? ICH BEKOMME EIN KLAVIER? Ich könnte schreien! Ich schreie!

Mom und Dad lachen und Wheeler lacht und ich schreie: »Ich bekomme ein Klavier!«

Aber wie soll das gehen?

Das frage ich. »Wie soll das gehen? Wir müssen doch die Perfectone D-60 noch abzahlen, oder nicht?«

»Dein Vater ist sehr fleißig gewesen, seit er aus Birch Valley weggefahren ist«, sagt Mom.

»*Oldies* hat ein Klavier auf Lager, das sie gegen die Orgel tauschen würden«, sagt Dad.

Emma Dents weißer Flügel?

»Es ist nichts Besonderes. Ein altes Klavier eben. Aber in gutem Zustand.«

Ein Klavier. Ich werde Klavier spielen.

»Natürlich müssen wir unsere Raten weiterzahlen«, sagt Dad.

»Kann ich jetzt meinen Trinkspruch loswerden?«, fragt Wheeler.

»Jetzt scheint der richtige Augenblick zu sein«, sagt Mom.

»Auf Mr Elias«, sagt Wheeler, »der hart gearbeitet und einen Job gefunden hat.«

Ein Job? Dad hat einen Job?

Es kann nicht sein, dass Dad einen Job hat.

Ein Job bedeutet, dass er einen Chef hat. Und andere Leute um sich.

Dad hält es mit anderen Leuten nicht aus.

»Du scheinst dir irgendwie Sorgen zu machen, Zoe«, sagt Dad.

»Was für ein Job, Dad?«

»Den besten Job, den es gibt«, sagt Wheeler. »Dein Vater wird Bäcker.«

»Du wirst Umwerfende Ahorntorten verkaufen?«, frage ich.

»Ja«, sagt Dad, »aber nur, wenn Nunzio nichts dagegen hat.«

»Nunzios Brötchen? Nunzio?«

»Jaaa!«, schreit Wheeler. Er ist so aufgeregt, dass er hopst. »Nunzios Brötchen liegt auf Hughs UPS-Strecke und Hugh hat Nunzio eine Tüte mit Plätzchen und Eclairs und Brot von deinem Vater und ein paar Stücke von seiner Umwerfenden Ahorntorte mitgebracht …«

»*Unserer* Umwerfenden Ahorntorte«, sagt Dad.

»Und Nunzio hat Hugh gesagt, er soll deinem Vater sagen, dass er einen Bäcker für die Frühschicht braucht.«

»Ich hätte eigentlich nicht gedacht, dass ich das kann«, sagt Dad. »Du weißt ja …«

»Sie haben auch nicht gedacht, dass Sie zum Orgelwettbewerb fahren können«, sagt Wheeler.

»Du bist aber gefahren«, füge ich hinzu.

»Ich bin gefahren«, sagt Dad.

»Und das hier schaffen Sie auch«, sagt Wheeler.

Wie sich herausstellt, arbeitet ein Bäcker in der Frühschicht von zwei Uhr morgens bis sechs, was für Dad perfekt ist, weil um zwei noch kein Verkehr auf den Straßen ist. Nunzios Bäckerei öffnet den Laden um halb sieben, und wenn Nunzio Dad erst eingearbeitet hat, wird vorher kein anderer Bäcker da sein. Nur Dad.

»Du wirst ein toller Bäcker«, sage ich und hebe mein Glas. »Auf Dad!«

Mom sagt: »Auf Leo!«

Und Wheeler sagt: »Auf Mr Elias!«

Und dann stoßen wir alle miteinander an.

Mom, denke ich. *Wir müssen auch auf Mom anstoßen.*

»Auf Mom!«, sage ich. Die was? Die hart gearbeitet hat und was? Moment. Ich weiß.

»Auf Mom«, sage ich noch einmal. »Die mit dem hart Arbeiten lange genug aufgehört hat, um mich spielen zu hören.«

»Danke«, sagt Mom.

»Auf uns alle! Und darauf, dass wir zusammen sind«, sagt Dad.

Darauf stoßen wir gerne an.

Vor allem ich. Vor allem wegen des letzten Teils.

Das war nämlich mein Geburtstagswunsch.

Wie es sein soll

Wheeler und ich haben die Schuhe ausgezogen. Der Sommer ist da, und es ist warm. Wheelers Zehen sind irre lang.

»Das ist das Einzige, was mein Vater und ich gemeinsam haben«, sagt er.

Wir sitzen barfuß auf unserer vorderen Veranda, beobachten, wie sich der Himmel rosa und lila verfärbt, und warten auf die Typen von *Oldies*, die die Instrumente ausliefern. Sie haben angerufen und gesagt, dass sie sich um anderthalb Stunden verspäten, weil sie eine neue Stereoanlage nach East Eastside liefern mussten und die Dame verlangt hätte, dass sie alles für sie anschließen. Was nicht auf ihrem Auftragszettel stand, sie aber trotzdem getan haben, aber dann hat die Tochter der Frau gesagt, dass die Anlage am falschen Platz stünde und woanders angeschlossen werden müsste, weshalb sie alles wieder abgebaut und dann wieder aufgebaut haben, und als sie dann endlich fertig waren, hatten sie Kopfschmerzen und mussten zum Hamburger-Grill fahren, um was zu essen. Aber jetzt waren sie unterwegs zu uns.

»Wheeler?«, sage ich. Ich schaue auf seine Zehen, die Zehen, die genauso aussehen wie die von seinem Vater. »Wheeler? Wo ist deine Mutter?«

»Das ist eine lange Geschichte«, sagt Wheeler.

In diesem Augenblick kommt der Lieferwagen von *Oldies* um die Ecke und fährt die Moorhuhnstraße entlang.

Wheeler steht auf und winkt. Die *Oldies*-Typen biegen in unsere Einfahrt.

»Bist du Elias?«, fragen sie Wheeler.

»Das ist *sie*«, sagt er.

»Kannst du uns zeigen, wo das hier hinsoll?«, fragen sie mich.

Das kann ich. Ich will aber auch was über Wheelers Mutter wissen. Und ich will, dass Wheeler weiß, dass ich es wissen will.

»Ich mag lange Geschichten«, sage ich.

»Wir haben den ganzen Sommer Zeit, Elias«, sagt er.

Das stimmt. Wir haben den ganzen Sommer Zeit.

Ich führe die *Oldies*-Typen in unser Wohnzimmer.

»Das Ding hier geht mit zurück. Richtig?« Das Ding ist die Perfectone D-60.

»Ja«, sage ich.

»Und das Klavier kommt an die gleiche Stelle?«

»Ja.«

Ich gehe wieder auf die Veranda, um mich neben Wheeler zu setzen. Die Sonne ist hinter dem Garagendach verschwunden, und die Veranda ist schattig und plötzlich ganz kühl. Die *Oldies*-Typen legen eine Rampe auf die Verandastufen. Sie rollen die Perfectone D-60 aus dem Haus, die Rampe hinunter und in den Lieferwagen hinein. Dann rollen sie mein Klavier aus dem Wagen und stellen es in die Einfahrt.

Mein Klavier.

Ich habe eine Gänsehaut.

»Ist dir kalt?«, fragt Wheeler.

»Nein, alles okay«, sage ich.

Wheeler zieht seine Jeansjacke aus. Ich habe ihn noch nie ohne Jacke gesehen. Er sieht dünner aus, als ich gedacht habe.

»Zieh das an!«, sagt er.

Ich ziehe die Jacke an, aber die Gänsehaut verschwindet nicht. Ganz im Gegenteil.

Die *Oldies*-Typen rollen mein Klavier die Rampe hoch, ins Haus hinein und an seinen Platz im Wohnzimmer.

»Sind deine Eltern da?«, fragen sie mich.

Mom telefoniert mit ihrem Büro. »Was ist das endgültige Ergebnis?«, höre ich sie sagen. »Lassen sich die Zahlen in Einklang bringen?«

»Meine Mutter ist beschäftigt«, sage ich. »Und mein Vater schläft.« Dad hat seine erste Frühschicht in der Backstube hinter sich.

»Dann kannst du das hier unterschreiben.« Sie reichen mir einen Lieferschein. Ich unterschreibe ihn. Das Klavier gehört mir.

»Der Klavierstimmer kommt morgen Nachmittag vorbei«, sagen sie.

Ich nicke. »Danke.«

Die *Oldies*-Typen gehen. Sie lassen das Rollbrett die Stufen hinunterrattern. Sie sind so laut, dass sie Dad wecken. Sogar Mom hört auf zu telefonieren.

»Dein Klavier«, sagt Mom.

Dad streckt sich und gähnt. »Tut mir leid, dass es kein glänzendes neues ist.«

Es glänzt nicht. Und ist nicht neu. Es hat ein paar Kratzer an den Seiten, und der Notenständer ist ein bisschen schief. Aber es gehört mir.

»Probier es aus!«, sagt Wheeler.

Ausprobieren?

»Es ist wahrscheinlich ziemlich verstimmt. Ich sollte bis morgen warten. Morgen wird es perfekt sein«, sage ich, aber noch während ich das sage, setze ich mich auf die Klavierbank und klappe den Deckel hoch.

Dad wartet.

Mom wartet.

Wheeler wartet.

Sie sagen nichts.

Sie halten die Luft an.

Ich lasse meine Finger auf den Tasten ruhen.

Es ist mir egal, dass mein Klavier noch nicht perfekt ist.

Ich will spielen.

Und ich spiele.

Danksagung

Fast alles, was ich über das Schreiben weiß, habe ich durch meine Arbeit in einem unabhängigen Buchladen gelernt. Meine Ausbildung bei *Vroman's Bookstore* war dank meiner Professoren hervorragend, den Kunden, Kollegen, Schriftstellern, Malern und Freunden. Besonders dankbar bin ich Sherri Gallentine, Jodi Kinzler und Stan Hynds vom *Northshire Bookstore*, die erste Entwürfe dieser Geschichte gelesen und nur an Stellen gelacht haben, die auch lustig sein sollten.

Lisa Wheeler hat diese Geschichte in ihrer ersten Inkarnation gelesen: als Bilderbuch. Sie sagte, die Geschichte sei lustig, aber kein Bilderbuch. Sie sei ein Roman. Ich hatte das nicht gemerkt.

Susan Sandmore und Kelly Fineman lasen die Geschichte als Roman, und ihr Scharfblick machte sie besser.

Jeannette Larson hat schon an dieses Buch geglaubt, als es nur aus Notizen bestand. Ich danke dir, Jeannette, für deinen Humor, deine Freundlichkeit und deinen Einsatz. Du bist der Horowitz unter den Lektoren. Ich habe ungeheures Glück gehabt, bei einem so entgegenkommenden und wohlwollenden Verlag wie Harcourt gelandet zu sein, und ich bin Allyn Johnston und Jessica Dzundza sehr dankbar, dass sie sich für dieses Projekt begeistert haben.

Meine Mutter, Joanne Urban, empfahl mir zu schreiben, was immer ich schreiben muss, und mir keine Gedanken darüber zu machen, was sie oder jemand anderes davon halten würden. Das war vielleicht das Mutigste, was sie je getan hat. Danke, Mom.

Marita Frey, Joe und Sharon Knipes und die tollen Leute vom *Family Center of Washington County* haben sich um meine Kinder gekümmert und mir Zeit zum Schreiben gegeben.

Meine Kinder Jack und Claire inspirieren mich zum Spielen und dazu, Dinge ganz neu zu sehen und Wörter zu erfinden, wenn die altbekannten nicht passen. Ich arbeite immer noch daran, ein Wort zu erfinden, das kraftvoll genug ist, um damit meinem Mann und besten Freund Julio Thompson danken zu können, der trotz meiner Fehler und Mängel so tut, als ob ich perfekt wäre.

Und schließlich möchte ich noch Marla Frazee und Myra Wolfe danken, die Mut und Rat für mich waren und ohne die ich niemals Schriftstellerin geworden wäre.

Ein Stipendium der *Society of Children's Book Writers and Illustrators* half, diesen Roman möglich zu machen.

Linda Urban

Foto: Julio Thompson

Linda Urban hat schon als Kind gerne Geschichten geschrieben. Sie war zehn Jahre lang Marketing- und Veranstaltungsmanagerin in einer Buchhandlung und hat sich bei den Schreibseminaren heimlich Notizen gemacht. Linda Urban mag auch Literatur für Erwachsene, aber eigentlich schlägt ihr Herz ganz und gar für Kinderbücher.

1 2 3 12 11 10

Originalverlag: Harcourt Children's Books, Harcourt, Inc.
Originaltitel: A Crooked Kind of Perfect
Umschlagbild © Martin Wellermann
Umschlaggestaltung und -typografie: Kerstin Schürmann, formlabor
Aus dem Englischen von Gerda Bean
Lektorat: Franziska Leuchtenberger
Satz: Greiner & Reichel, Köln
Druck und Bindung: GGP Media GmbH, Pößneck
ISBN: 978-3-551-55504-5

Printed in Germany